KB078296

그레이트 원

FUSION FANTASTIC STORY

천중화 장편 소설

Great one

그레이트 원 5

천중화 장편 소설

초판 1쇄 찍은 날 § 2014년 6월 20일
초판 1쇄 펴낸 날 § 2014년 6월 27일

지은이 § 천중화
펴낸이 § 서경석

편집부장 § 권태완
편집책임 § 박은정

펴낸곳 § 도서출판 청어람
등록번호 § 제387-1999-000006호
등록일자 § 1999. 5. 31
어람번호 § 제1-1878호

주소 § 경기도 부천시 원미구 부일로 483번길 40 서경B/D 3F (우) 420-822
전화 § 032-656-4452 팩스 § 032-656-4453
http://www.chungeoram.com
E-mail § chungeorambook@daum.net

ISBN 979-11-316-9082-6 04810
ISBN 979-11-5681-955-4 (세트)

그레이트 원

FUSION FANTASTIC STORY

천중화 장편 소설

5

Great one

CONTENTS

그레이트 원

Great
one

1장

광명 플래시콥

개그맨 나근석의 매니저는 친동생인 나근우였다.

나근석이 워낙 호인이고 형제간에 사이가 좋아서 큰 말 다툼 한 번 없이 무려 십 년 동안이나 형을 쫓아다니며 뒷바라지를 해왔다.

어젯밤, 나근우는 매니저로서 처음 방송사에 출근할 때처럼 잠을 이루지 못했다.

천 년에 한 명 나올까 말까 한 가수!

지구에서는 좀처럼 찾을 수 없는 보이스 칼라의 소유자!

빌보드 차트와 UK 차트, 오리콘 차트 등을 정복하며 세계

가요계를 휩쓰는 아티스트!

대한민국 건국 이래 최고의 슈퍼스타!

곡당 일억 원을 넘게 받는 뮤지션!

그것도 부족해서 드라마계에도 진출한 만능 엔터테이너.

전설과 신화를 폭포수처럼 쏟아내는 슈퍼스타 김채나를 만난다는 설렘 때문이었다.

본인이야 잘 모르겠지만 채나는 이미 연예인 매니저들 사이에서도 경외심을 넘어 존경까지 받는 슈퍼스타였다.

사실, 나근우는 채나가 지구상에는 존재할 수 없는 보이스 칼라의 소유자든 인간의 영혼까지 장악하는 가수든 별 관심이 없었다.

있다면 딱 하나!

도대체 김채나는 어떤 사람이기에 알바 매니저인 연필신에게 퇴직금으로 미화 100만 달러를 줬을까?

아무리 가까운 친구라도 그렇지 피 한 방울 섞이지 않은 아주 쿨한 남남 관계거늘!

이건 나근우가 아는 연예계의 상식으로는 절대 있을 수 없는 일이었다.

나근우는 세상에서 가장 빡센 일 중 하나라는 로드 매니저만 십 년을 넘게 해오면서 연예계의 밥을 먹을 만큼 먹었다.

소위 슈퍼스타라는 인간들이 자신의 매니저와 스태프들을

어떻게 대하는지 그들의 육식공룡 티라노사우르스 같은 포악성에 대해 너무나 잘 알고 있었다.

거스름 돈 몇만 원을 삥땅 했다고 구둣발로 차고, 약속 시간에 차를 대지 못했다고 뺨을 때리고, 호텔방이 지저분하다고 밤새 청소를 시키는 짐승 등이 그들이었다.

그런 짐승들이 계약서 한 장 쓰지 않은 알바 매니저에게 100만 달러를 줘??

게임머니 백만 원만 달라고 해도 대뜸 경찰을 부를 것이다.

나근우는 매니저 입장에서 김채나라는 사람을 꼭 한 번 만나보고 싶었고 꼭 대화를 나눠보고 싶었다.

진정으로 바라면 이루어지는 것일까?

우연처럼 나근우의 소원이 이뤄졌다.

100만 달러의 퇴직금을 받은 초특급 매니저이자 요즘 하루가 다르게 몸값이 뛰고 있는 고품격 개그우먼 연필신의 천사 같은 마음씨 덕분이었다.

나근우의 형인 개그맨 나근석과 이갑숙이 대전 엑스포 축제에 채나와 함께 출연하게 됐던 것이다.

승용차를 몰고 새벽 네 시에 집을 나선 나근우는 24시간 김밥 집에 가서 김밥 열 줄을 싸 들고 서울 대방동에 가서 나근석을 태운 후 신길동에서 이갑숙을 픽업해 약속 장소인 경기도 광명시로 향했다.

채나의 소속사인 캔 프로 앞에서 연필신 등과 함께 출발하기로 했기 때문이다.

"……."

승용차에 탄 나근우 형제와 이갑숙은 별말이 없었다.

새벽이라서 완전히 잠이 깨지 않은 상태였기도 했지만 실은 세 명 다 흥분상태였다.

나근우는 채나를 만난다는 것.

나근석은 오랜만에 자신의 고향에서 펼쳐지는 무대에 올라간다는 것.

이갑숙은 연예계에 들어와 처음으로 외부 행사에 참석한다는 것이 그 이유였다.

나근우는 또 다른 면에서 기분이 좋았다.

광명시에서 함께 출발한다는 것은 분명히 캔 프로의 승합차나 버스에 동승해 대전으로 간다는 뜻이었다.

그럼 무조건 기름값 같은 경비가 절약된다는 말이고!

많지 않은 예지만 어떤 연예인들은 지방 중소 도시에서 주최하는 행사에 얼떨결에 출연했다가 몸은 몸대로 고생하고 출연료는 출연료대로 모조리 길바닥에 깔고 개털이 되어 서울에 올라온 사례도 있었다.

요즘처럼 나근석의 인지도가 바닥을 칠 때는 한 푼이라도 아끼는 게 상책이었다.

하지만, 나근우를 비롯한 세 사람의 설렘은 광명시로 접어 드는 개봉 고가도로를 넘는 순간 산산조각 났다.

"어디서 궐기대회를 하나? 시위하는 거야?"

"글쎄 말이야? 이 새벽에 웬 사람들이 이렇게 많아?!"

나근석은 총각 시절부터 결혼해서 대방동으로 이사할 때 까지 무려 십여 년을 광명시 광명1동 주민센터 옆, 개나리 연 립주택에서 살았다.

덕분에 나근우 형제는 개봉동과 오류동 광명시 일대를 내 비게이션보다 더 정확하게 꿰고 있었다.

"흑!"

나근우가 투덜거리며 서울시과 경기도, 구로구와 광명시 를 가르는 개화천 다리를 넘는 순간 자신도 모르게 마른 비명 을 터뜨렸다.

삑삑삑!

웅성웅성!

전쟁 영화에서 흔히 보던 그 풍경.

여기저기서 밀려드는 차량과 수만의 인파가 뒤엉킨 아수 라장.

딱 그 모습이 지금 개화천 다리를 넘어 광명1동부터 광명 사거리를 지나 명문 고등학교 앞 언덕배기까지 이어지며 펼쳐져 있었기 때문이다.

물론 광명시청으로 향하는 철산동 쪽과 광명실내체육관이 위치한 하안동 쪽, 천황동과 부천으로 연결된 대로도 예외는 아니었다.

"김채나! 김채나! 김채나!"

수십, 수백 명의 인파가 김채나를 연호하며 꼬리에 꼬리를 물고 사방팔방에서 광명사거리로 몰려들었다.

부우웅웅!

나근우가 변두리 내비게이션답게 개화천 둑을 따라 광명 7동으로 우회해서 약속 장소인 광명사거리로 날아왔다.

"형! 여기서부터 걸어가자고. 더 이상은 못 가!"

"그래! 그게 좋겠다."

"근우 오빠 고생하셨어요!"

나근우가 사람들로 북적대는 광명5동 한진아파트 뒷골목에 차를 세웠다.

"허이구! 말로만 듣던 김채나 씨의 쓰나미 같은 인기ㅡ! 정말 실감난다. 실감나!"

"여기서 공연을 하는 것도 아닌데 단순히 환송 나온 인파들로 광명시를 꽉 메웠어?"

"진짜 채나 언니 인기 살벌하네요! 살벌해! 무슨 폭동이 터진 것도 아니고 저 경찰들과 기자들 몰려온 것 좀 보세요."

이갑숙 말처럼 오늘 새벽의 광명시 사거리는 폭동이 일어난 것으로 착각할 만했다.

백여 명의 교통경찰이 연신 호루라기를 불며 교통정리를 하고 있었고, 방패와 방망이로 중무장한 수많은 전투경찰이 쫘악 늘어선 채 경계를 펼쳤다.

캔 프로덕션이 있는 구 경기은행 빌딩, 지금은 광명 채나빌로 바뀐 건물은 아예 경찰들이 포위한 채 인간 성벽을 만들고 있었다.

덩달아 수백 명의 기자까지 카메라를 든 채 진을 쳤고!

"나근석 씨 일행이시죠?"

나근석 형제가 간신히 인파를 뚫고 광명 채나빌 앞에 도착했을 때 깔끔한 복장의 남자 두 명이 다가왔다.

"예! 제가 나근석이고, 이 친구가 이갑숙입니다. 여긴 제 매니저구요."

"아, 예예! 반갑습니다. 대전광역시 공보실 이석구 계장입니다."

나근석이 미소를 지으며 이갑숙과 나근우를 소개하자 남자가 손을 내밀며 자신의 신분을 밝혔다.

"어서 저 버스에 오르시지요!"

이석구 계장이 재빨리 나근석 일행을 엑스포 꿈돌이가 그려져 있고 대전광역시라고 새겨진 45인승 대형 버스로 안내를 했다.

"근우 오빠! 원래 행사에 초대받으면 주최 측에서 버스를 보내주나요?"

이갑숙이 행사 왕초보다운 질문을 했다.

"뭐 백 번에 한 번쯤 그런 일도 있지. 하지만 이렇게 주최 측에서 광명시나 서울까지 오지는 않아. 대부분 우리가 행사장까지 가야 돼, 갑숙 씨!"

"하하하, 갑숙아! 이 버스는 지금 우리가 아니라 채나 씨를 태우기 위해 올라온 거야. 우린 채나 씨 업둥이고."

"아쿠쿠— 그렇구나!"

나근석이 세상을 잘 모르는 이갑숙에게 간단히 가르침을 줬다.

나근우 일행이 버스에 올라가서 자리를 잡았을 때 이십대 초반쯤 된 미모의 아가씨 세 명이 커다란 여행용 가방을 든 채 버스로 올라왔다.

"어? 경아야, 선임아!"

"어머머! 나 실장님?"

세 아가씨는 〈우스타〉에서 채나를 도와줬던 구경아 코디네이터, 엄선임 스타일리스트, 김송희 메이크업 아티스트였다.

실장, 부장, 팀장.

딱히 어떤 조직의 부서나 팀의 책임자는 아니었지만 대부분의 연예인 매니저들을 이렇게 불렀다.

덕분에 나근석의 매니저인 나근우도 연예계에서 나 실장으로 통했다.

십 년이 넘게 로드매니저를 해온 나근우는 방송사의 비정규직 사원이면서 연예인들의 스태프로 알바를 뛰는 이 아가씨들을 잘 알고 있었다.

"헤에, 반가워요. 나 선생님, 갑숙 씨! 전에 KBC에서 뵙고 처음이네요."

"그래! 오랜만이다."

"언니들 말씀 많이 들었어요."

구 코디가 맏언니답게 사근사근하게 인사를 했고 나근석과 이갑숙이 반갑게 인사를 받았다.

"근데 나 선생님! 지금 대전 가시는 거예요?"

"웅! 엑스포 1부 무대 사회자로 초청받았거든."

"굉장하시다! DBS 개그맨 중에는 엑스포에 초대받은 사람이 아무도 없던데?"

"하하! 우리도 필신이가 억지로 박아준 거야."

"역시 필신 언니는 의리파라니까!"

"고품격 개그우먼은 아무나 되는 게 아니지!"

구 코디와 엄 스타가 대뜸 연필신을 찬양했다.

알바 매니저였던 연필신과 〈우스타〉에서 채나 스태프로 함께 일했기에 무척이나 가까웠다.

"니들 채나 씨 따라 알바 가냐?"

나근석과 구 코디가 대화를 나눌 때 나근우가 슬며시 끼어들었다.

"호호호! 알바 아니에요, 나 실장님. 우린 지금 대전으로 관광 가요!"

"킥킥킥! 채나 언니 따라가면 진짜 좋아요. 주최 측에서 식사대우 해주죠. 맛있는 거 많이많이 사주죠."

"돌아오면 강 관장님이 개런티 팍팍 쏴주고요!"

"진짜 채나 언니 없었으면 이 춥고 배고픈 세월을 어떻게 버텼을지 몰라."

"호호호! 깔깔깔……."

구 코디 등이 이번에는 채나를 찬양했다.

"쩝! 좋겠다. 일당은 얼마나 받냐?"

나근우가 부러운 눈치로 개런티를 물어 봤다.

코디나 스타 같은 연예인 스태프들과 매니저들은 떼려야 뗄 수 없는 아주 가까운 동업자들이었다.

당연히 여기저기서 만났고 그때 갖가지 정보를 교환했다.

지금도 나근우가 일당 같은 조금은 부담스러운 질문을 전혀 부담없이 했다.

"헤헤! 이건 비밀인데 다른 데 가서 얘기하시면 안 돼요, 나 실장님!"

"우린 무조건 일당 삼십이에요. 밥값하고 차비 따로 주시 고요."

"우와아아─! 세다. 나도 스타일이나 메이크업 기술 배워 야 할까 봐, 형!"

나근우가 감탄사를 터뜨리며 형인 나근석을 쳐다봤다.

"오호호! 그러세요."

"요샌 남자 스타들도 엄청 많아요."

"채나 언니가 행사를 많이 다녀야 우리도 돈 좀 벌 텐데, 씨 이!"

"글쎄 말이야. 아후!"

나근우가 농담처럼 메이크업 기술을 배우겠다고 말했지만 나근석이나 이갑숙은 일순 심각하게 생각을 해야만 했다.

나근석은 60만 원, 이갑숙은 30만 원에 엑스포 행사 주최 측과 계약을 맺고 1부 무대 사회자를 맡았다.

물론, 한일 월드컵이 열리던 이 당시에 60만 원이나 30만 원이 결코 적은 돈이 아니었다.

단지 구 코디 등과 비교할 때 상대적으로 박탈감을 느꼈던 것이다.

나근석은 중견 개그맨이었고, 이갑숙은 연초에 자그마치

백 대 일이나 되는 경쟁을 뚫고 합격한 KBC 공채 개그우먼으로 당당한 연예인이었다.

한데 연예인들을 보조하는 스태프들과 개런티가 비슷하니 기분 좋을 리가 없었다.

앵앵앵!

요란한 사이렌 소리와 함께 경찰 패트롤카와 사이카들이 연필신의 승용차 통통이를 호위한 채 광명 채나빌 앞에서 멈췄다.

연필신이 동대문 채나빌에 가서 채나를 데리고 광명시로 오는 길이었다.

채나가 사격협회장과 함께 동대문 채나빌까지 방문한 대전시장이 사정하는 통에 엑스포 축제 2부 행사에 출연하기로 했던 것이다.

당연히 연필신은 옵션이었고!

한강대교를 넘으면서부터 경찰 패트롤카와 사이카가 따라붙었다.

"꺄아아아악─! 채나 언니다! 채나 언니야!"

"와아아아아! 채나 누나야! 누나가 왔어!"

"김채나! 김채나! 김채나!"

광명시 사거리에 몰려 있던 군중이 일제히 환호성을 터뜨렸다.

새벽잠에 빠져 있던 삼십만이 넘는 광명시민을 모조리 잠에서 깨웠다.

도끼를 마음대로 휘두르는 그 여자~
그 이름은 김채나! 성난 김채나~!
우스타를 깨부수고 블랙엔젤로 간다~

군중이 서로 어깨동무를 하고 〈블랙엔젤〉 홈페이지에 올려진 〈채나 송〉을 합창하기 시작했다.

'세상에! 저 많은 사람이 약속이나 한 듯 어깨동무를 하고 〈채나 송〉을 불러?'

나근우가 차창 밖으로 〈채나 송〉을 부르는 군중을 바라보며 현기증을 느꼈다.

'저 정도면 채나교도가 아니야, 김채나 사병들이야! 김채나가 돌격 명령을 내리면 서슴없이 폭탄의 불바다로 뛰어드는 병사들!'

정말 그랬다.

나근우의 독백처럼 지금 광명사거리에 모인 군중은 채나 팬덤을 지나 신도였고, 신도를 넘어 사병이었다.

채나의 명령에 의해 죽음도 불사하는 병사들!

훗날 많은 교수와 학자들이 스타가 대중들에게 어느 정도 영향을 끼치는지를 논할 때 꼭 거론하는 광명시에서 벌어졌던 이 길거리 집회.

경찰 추산 삼십만 명, 방송사 추산 칠십만 명이라고 하는 채나교도들의 집회였다.

채나교주의 위용을 세계만방에 자랑한 그 집회였다.

이때, 사령관이 등장했다.

채나가 환하게 웃으며 자동차에서 내렸다.

"김채나 씨! 잠깐만요, 잠깐만!"

"김채나 씨! 포즈 좀 취해주세요?"

"네! 좋습니다. 이쪽도 좀 봐주세요. 채나 씨!"

꽉꽉!

수백 명의 기자가 말 그대로 채나에게 플래시 세례를 쏟아부었다.

"헤헤! 며칠 전에 기자 회견을 했으니 오늘은 생략할게요. 잠깐 우리 가족들에게 인사 좀 하겠습니다."

채나가 미소를 지으며 기자들에게 손을 흔들었다.

차차착!

채나가 흡사 날렵한 원숭이처럼 나근우 등이 타고 있던 버스 지붕 위로 올라갔다.

찰칵 찰칵! 파파팍―

기자들이 아주 좋은 장면을 발견한 듯 대포만큼이나 거대한 망원렌즈가 부착된 카메라와 ENG 카메라 등으로 정신없이 촬영을 했다.

도끼를 마음대로 휘두르는 그 여자~!
그 이름은 김채나~! 성난 김채나!

"김채나! 김채나! 김채나!"
〈채사모 강서지부〉, 〈채나교 서울성전〉, 〈우리는 늘 채나〉 등의 문구가 쓰여 있는 수백 개의 깃발을 나부끼며 마치 전쟁터에 나가는 군인들의 무운장구를 빌 듯, 수십만의 군중이 비장한 음성으로 〈채나송〉을 부르며 김채나를 연호했다.

"안녕! 채나야."
"우아아아! 김채나 김채나 김채나ー!"
"김채나! 김채나! 대통령! 대통령!"
채나가 버스 지붕 위에 올라가 두 손을 번쩍 들며 인사를 하자 또 다시 김채나를 연호하는 소리가 광명사거리 일대를 뒤흔들었다.

휙!
강 관장이 무선 마이크 하나를 버스 위로 던졌다.
채나가 마이크를 받아 들며 한 손을 가볍게 흔들자 거짓말처럼 온 누리가 고요해졌다.

지금 광명시에 모인 이 군중은 채나의 말처럼 모두 채나 가족들이었다.

대부분 채나의 팬클럽 회원들이었다.

채나의 팬클럽 중에 가장 먼저 생긴 미국에서 사격선수 생활을 할 때 결성된 〈채나교〉를 비롯해, 채나가 〈우스타〉에 출연하면서 자연스럽게 만들어진 〈채사모(채나를 사랑하는 사람들의 모임)〉, 〈우늘채(우리에게는 늘 채나뿐)〉, 〈채나 사랑〉, 〈V 채나〉 등의 회원들이 휴대폰의 문자 메시지를 통해 광명시에서 가진 번개 모임!

일종에 김채나 광명 플래시몹이었다.

목적은 단 하나!

압력에 의해 〈우스타〉에서 하차하고 〈블랙엔젤〉 제작발표회에서 발생한 총기사건으로 인해 상처받았을 채나를 위로하기 위해서였다.

플래시몹이란 불특정 다수의 사람들이 이메일과 휴대전화 문자메시지 등을 통해 특정한 날짜, 시간, 장소 등을 정한 뒤에 모인 다음, 약속된 행동을 하고 아무 일 없었다는 듯 흩어지는 모임이나 행위를 일컫는 말이다.

채나의 진정한 정체를 모르는 채나교도들의 노파심에서 시작된 한 편의 개그였다.

그 정도 일 때문에 상처를 받았을 채나라면 절대 선문의 대종사가 되지 못했다.

짱 할아버지가 그렇게 교육을 시키지도 않았고!

"헤헤헤! 무슨 일이야? 혹시 내가 걱정돼서 이 새벽부터 나온 건가?"

채나가 버스 위에서 특유의 말투로 너스레를 떨었다.

"네에에에—! 언니!"

"맞아요! 누나!"

"김채나! 김채나! 김채나!"

채나의 말에 저마다 응대하며 소리 높였다.

쾅!

채나는 심장이 터질 듯한 충격을 받았다.

이름도 얼굴도 모르는 사람들이 자신을 걱정해서 이 새벽에 몰려오다니!

진짜 슈퍼스타가 됐다는 것을 피부로 느꼈다.

연예인이 된 후 가장 기분 좋은 날이었다.

세상을 다 얻은 기분이었다.

그래서 자신도 모르게 마구 반말이 튀어나왔다.

"헤헤! 걱정할 필요 없어. 눈치 빠른 사람은 이미 알고 있었겠지만 나도 기회가 되면 〈우스타〉에서 하차하려고 마음먹고 있었어. 그리고 총알이 좀 날아오면 어때? 도끼로 막으면 되지. 이렇게, 이렇게 말야!"

"와하하하하!"

채나가 코믹하게 도끼 휘두르는 동작을 취하자 군중이 폭소를 터뜨렸다.

"약간 빡쳐서 미국이나 일본으로 활동 무대를 옮겨 볼까 했는데……."

"으악! 안 돼, 누나—! 누나 가면 나 죽어!"

한쪽 편에 있는 덩치가 제법 되는 남학생들이 소리쳤다.

"됐어, 뺀철이 친구들아! 오버하지 마! 내 고향이 LA야. 할리우드 액션이라는 거 다 알아, 임마!"

"아하하하하! 깔깔깔깔!"

채나가 특유의 건달 같은 말투로 남학생들을 손짓하며 말하자 광명사거리가 웃음바다로 변했다.

수많은 채나교도가 거품을 물며 좋아하는 채나교주의 독특한 유니섹스적인 매력이었다.

"남해에 계신 할아버지가 TV에 나오는 나를 보시는 게 유일한 낙이래. 될 수 있으면 한국에 오랫동안 있었으면 하시더라고!"

"……."

"신경 꺼! 할아버지 때문에라도 앞으로 더 열심히 한국에서 활동할 거야."

"우아아아아아! 김채나! 김채나! 김채나!"

"김채나 청와대! 김채나 청와대!"

"거기 뺀철이 일당들! 오버하지 말라고 했지? 니들이 또 청와대 찾으면 이 누나 또 티브이에 못 나간다?"

"와아하하하!"

이제 군중이 눈물까지 훔치며 채나 얘기를 듣고 있었다.

채나는 일대일 인터뷰에서는 약간 수줍어하며 버벅대지만 이렇게 수많은 대중 앞에서 연설을 하거나 노래를 할 때는 어느 달변가 못지않았다.

더더욱 신기한 것은 채나가 사용하는 무선 마이크가 성능이 그리 좋은 것이 아니었음에도 불구하고 그 음성이 절대자의 성음처럼 광명사거리부터 광명입구까지 장쾌하게 울려 퍼져 나가고 있었다는 것이다.

"이번 달에는 〈블랙엔젤〉 촬영 때문에 주로 해외에 나가 있을 거야. 우씨! 월드컵도 제대로 못 보고 말야? 그리고 TV에 예고편이 나간 것처럼 다음 달 초순부터는 KBC에서 방영하는 〈KK팝〉에 심사위원으로 출연할 거고. 뭐 주말에는 계속 만나게 될 거야!"

"우와아아아!"

채나가 자신의 스케줄을 세세하게 밝히자 팬들이 두 손을 흔들며 환호했다.

"그리고 전 국민을 대상으로 하는 오디션 프로라니까 노래에 자신 있는 사람들은 나와 봐봐! 내가 잘 봐줄게, 헷헷!"

"까후후후—!"

"저어기 서울 보성고 박대성! 넌 참아 임마! 지난번에 네가 누나한테 보낸 데모 테이프 들어 봤는데 개판이야. 그건 노래가 아냐, 임마! 스님 염불하는 거지!"

"와하하하하!"

군중이 그대로 뒤집어졌다.

"아참? 월드컵이 끝나는 주말 토요일 혹은 일요일 날 〈KK팝〉 심사위원들 오프닝 공연이 있을 거야. 최영필 선배, 빅마마 언니, 미래 등 심사위원들 모조리 나와서 노래를 부를 거야."

"아아아아아—!"

"김채나! 김채나! 김채나!"

군중이 벌떡 일어나서 미친 듯이 소리를 질렀다.

"공연 장소는 잠실 종합운동장이고, 그때 만나! 오늘 배웅 나와 줘서 정말 고마워! 뭐, 대부분 내 얼굴보다 내 노래를 듣고 싶어서 왔겠지만 말야."

"아니에요, 언니! 사랑해요, 언니!"

"언니가 너무 너무 보고 싶었어요!"

"진짜 진짜 보고 싶었어요, 언니! 흐흑흑흑……"

군중 중에서 여고생으로 보이는 학생들이 발을 동동 구르
며 흐느꼈다.

"수원여고 명가빈 패거리들! 니들은 나 그만 좀 보고 싶어
했으면 좋겠어. 나도 여잔데 여자애들이 보고 싶어 하는 건
좀 그렇잖아?"

"꺄야야야야!"

이름을 불린 여고생들이 입에 거품을 물었다.

"채나 누나! 날 가져요."

"누나가 얼마나 보고 싶었는지 정말—"

"안양공고 석치순! 너 자꾸 구라 깔래? 빅마마 언니 광팬이
라는 거 내가 모르는 줄 알아, 임마!"

"와하하하하!"

"그리고 무학여고 남태희! 너 도서관에 간다고 나와서 언
니 보러오면 어떻게 해?"

"아후후후! 언니는?!"

군중 속에 있던 십대 여학생 한 명이 두 손으로 얼굴을 감
싼 채 어쩔 줄을 몰랐다.

"그리고 저기 지하철 입구에 서 있는 욱재 삼촌! 관악산 간
다고 뻥 치고 여기 오면 어쩌자는 거야? 언제 관악산이 광명
시로 옮겨왔지? 서울대 쪽에 있는 거 아니었어?"

"와하하하하!"

"조심해! 큰언니도 〈채사모〉 회원이더라고! 어쩜 개봉역쯤에서 마주칠 수도 있어."

"아하하하하!"

채나가 미소를 띤 채 광명역 입구 쪽으로 손을 뻗으며 말했다.

군중들은 채나가 무작위로 아무나 가리키며 농담을 하는 줄로 착각하고 연신 폭소를 터뜨렸다.

하지만 결코 무작위로 하는 농담이 아니었다.

무학여고 남태희는 〈우스타〉에서 만난 여학생으로 채나가 사인까지 해줬고, 욱재 삼촌이라는 사람도 〈우스타〉의 관객 평가단으로 DBS 공개홀에 왔었다.

채나는 한 번 본 사람은 절대 잊어버리지 않는다.

십 년 전 프랑스 파리의 어떤 뒷골목에서 만난 사람이라도 딱 한 번 눈이 마주쳤다면 이 자리에서 정확하게 집어낼 수 있다.

선문의 대종사가 무조건 연마해야 될 비기(秘技) 중 하나였다.

또 채나의 결정적인 무기였고!

슈퍼스타인 채나가 자신의 얼굴을 정확히 기억하고 이름을 불러줬다는 것.

대중은 그 이유 하나만으로 죽을 때까지 채나의 팬이 됐다.

"어쨌든 새벽부터 여기까지 왔으니까 선물로 노래 한 곡 불러줄게!"

짝짝짝! 와아아아아!

"김채나! 김채나! 김채나!

군중이 또다시 우레와 같은 박수를 치며 김채나를 연호했다.

"음! 어떤 노래가 좋을까? 새벽부터 심각한 노래는 좀 그렇고… 그래! 얼마 전에 새로 만든 노래야. 이 노래 듣고 모두 힘내. 제목은 〈더 파이팅〉!"

"파이팅! 파이팅! 김채나 파이팅!"

이번에는 군중이 노래 제목과 채나를 함께 연호했다.

빵-빵-빵—! 빵빵!

그 순간, 버스 밑에서 키보드 소리가 들리며 〈더 파이팅〉의 전주가 흘러나왔다.

키보드 연주자는 〈우스타〉에서 채나와 여러 번 호흡을 맞췄고, DBC 합창단 출신으로 얼마 전에 채나의 코러스팀 멤버가 된 한애숙이었다.

강 관장은 이미 채나가 버스 위로 올라갈 때 노래할 것이라는 것을 예측하고 재빨리 키보드와 오디오 시스템을 옮겨놓고 한애숙에게 연주하게 한 것이다.

아무나 세계 챔피언을 키우고 아무나 세계적인 슈퍼스타

를 길러내는 것은 아니다.

역시 강 관장이 못하는 것은 세상에 딱 하나밖에 없었다.

고스톱!

*우리가 뛰어가는 저 고개 너머에 곱게 그려진 당신의 얼굴
이 기억납니다.*

파르르 흩날리는 저 분홍 꽃잎은— 당신의 눈물인가요?

아니면 땀인가요?

파이팅!

"……!"

막 채나의 노래가 한 소절이 끝났을 때 버스 안에 나란히
앉아 있던 나근우 형제가 화들짝 놀라며 약속이나 한 듯 고개
를 좌우로 돌렸다.

"없네??"

"너, 너도 CD플레이어를 찾냐?"

"지금 채나 씨 노래 CD기에서 나온 거 아니었어, 형?"

"으흐흐! 아니야. 라이브로 부르는 노래다! 이 버스 지붕
위에서……."

동생인 나근우가 얼떨떨한 표정으로 물어오자 형인 나근
석이 쓴웃음을 지으며 대답했다.

우리가 달려가는 저 하늘 너머에 아스라이 그려진―
당신의 숨결이 떠오릅니다.
두둥실 떠가는 저 하얀 구름은― 당신의 눈물인가요?
아니면 땀인가요?
파이팅!

나근우는 신기했다.

나근우는 지난 십여 년 동안 나근석과 함께 삼대 메이저 방송사부터 수많은 행사장을 돌아다니며 수백 명의 가수를 만났고 수천 곡을 들어왔다.

하지만 단 한 번도 이런 노래를 들은 적이 없었다.

어떻게 버스 지붕 위에서 부르는 노래가 유리창이 굳게 닫힌 버스 안으로 들어와 바로 옆에서 CD플레이어를 틀어놓은 것처럼 들릴까?

정녕 다른 가수들의 노래와는 비교 자체가 안 됐다.

더욱이 그동안 TV와 CD로 보고 들었던 채나의 노래는 지금 채나가 부르는 라이브에 비하면 채 30% 수준도 안 되는 것 같았다.

나근우는 왜 이 새벽에 이 변두리에서 수십만 군중이 몰려와 김채나 플래시몹을 여는지 명확히 깨달았다.

채나의 노래는 인간이 부르는 그것이 아니었다.

우리가 날아가는 저 붉은 노을 위에 메아리치는
당신의 웃음소리가 생각납니다.
또로록 떨어지는 저 저녁이슬은— 당신의 눈물인가요?
아니면 땀인가요? 파이팅!
우리 함께 가요—
승리의 그날까지!
파이팅! 파이팅! 파이팅!

채나가 버스 지붕 위에서 키보드 반주에 맞춰 가벼운 안무
까지 곁들여 노래를 했다.

졸음이 채 가시지도 않은 이 꼭두새벽에 자신의 팬들을 위
해서!

잠시 후, 채나가 정중히 허리를 접으며 노래를 끝냈다.

"꺄아아아악! 짝짝짝!"

"파이팅! 파이팅! 파이팅!"

군중들이 광명시가 떠나갈 듯한 박수와 환호로 화답했다.

"나 이제 대전에 내려갈 시간이야. 다음에 잠실에서 만나!
헤헤헤!"

채나가 특유의 웃음을 흘리며 가볍게 손을 흔들었다.

"네에에에에―!"

"아참, 새벽부터 나 만나러 왔는데 배고픈 사람은 저기 시청 쪽으로 올라가면 내 단골집인 콩나물 해장국집이 있어. 거기서 내 이름 대고 해장국 한 그릇씩 먹고 가!"

"와아아아아!"

"괜찮아요, 언니! 우린 배고프지 않아요!"

"누나! 얼굴 봐서 너무너무 배불러요!"

군중들이 환호하면서 걱정 말라는 듯 마구 손을 흔들었다.

"우헤헤헤! 음식값 많이 나올 거라고? 괜찮아, 괜찮아! 모두 여기 모인 식구들이 준 건데, 뭐. 삼촌들하고 이모들은 막걸리도 한 잔씩 해, 오키? 이 김채나가 쏘는 거야. 맛있게 먹고 조심해서 들어가, 안녕!"

"네에에에에―! 안녕히 다녀오세요!"

채나가 올라갈 때보다 더 유연하게 버스 위에서 내려왔다.

"안녕, 채나 언니! 채나 누나! 잠실에서 또 만나요!"

"김채나, 김채나, 김채나!"

새벽에 자신을 배웅 나와 줘서 고맙다며 막걸리에 해장국을 한 그릇씩 먹고 가라고 했다.

광명시를 꽉 메운 수십만 명의 군중에게!

당신들이 벌어준 돈이니 음식값은 신경 쓰지 말라는 당부까지 했다.

저 사람은 절대 연예인이 아니다.

아주 유능한 사업가거나 무서운 정치가가 틀림없다.

아니면 팬들의 말대로 어떤 종교의 교주거나!

나근우는 채나의 작별 인사를 듣고 이렇게 생각했다.

어쩜 예수님이나 부처님이 길거리에서 군중에게 복음을 전파할 때 바로 이런 모습이 아니었을까?

팬들은 아주 단순하다.

자신이 좋아하는 스타를 맹목적으로 따른다.

자신이 미치도록 좋아하는 스타가 해장국집에서 밥을 사 주다니?!

군중은 감격했다.

아마 오늘 밥을 먹고 간 팬들은 다음에 채나가 콘서트를 하거나 앨범을 발매하면 집을 팔고 은행에 가서 융자를 얻는 한이 있어도 채나에게 빚을 갚을 것이다.

자신이 사랑하는 채나가 혹시라도 돈 때문에 힘이 들까 걱정돼서!

거짓말처럼 군중이 흩어지기 시작했다.

수십만 인파가 아주 질서정연하게 마치 썰물 때 바닷물이 흘러 나가는 것처럼 소리 없이 빠져나갔다.

이날, 수십만 명의 군중이 모인 〈김채나 광명 플래시몹〉이 있었던 이날은 김채나라는 슈퍼스타의 인기를 세상에 적나라하게 보여준 날이었다.

　연예인이 아닌 정치가 김채나가 광명사거리에서 대중 유세를 펼쳤던 첫 번째 날이기도 했고!

2장

대전 엑스포 축제

쓰쓰쓱······.

채나가 쓰고 있던 야구 모자를 벗어 사인을 했다.

이어서 부동자세를 취한 채 경계하는 전경에게 경찰 모자를 벗기고 대신 사인한 야구 모자를 씌워줬다.

"오늘 나 때문에 고생 많았어. 다음에 만나 송일섭 일경!"

"아아악!"

꽈다당!

송일섭 일경이 외마디 비명과 함께 거품을 물고 그대로 쓰러졌다.

"뭐야! 무슨 경찰이 말 한마디에 쓰러져? 민중의 지팡이치곤 너무 약한데?"

"아하하하!"

경계하고 있던 경찰들이 일제히 폭소를 터뜨렸다.

송일섭 일경은 채나교의 광신도였다.

교주인 채나가 성물을 내려주자 감격에 겨워 그대로 혼절했던 것이다.

채나가 경찰들에게 손을 흔들며 대전행 버스에 올라탔다.

철컹!

경찰들이 버스 문을 막아섰다.

"흐흐흐! 새벽부터 노가다 뛰느라고 고생했다."

꽃무늬 남방을 걸친 강 관장이 부처님 미소를 머금은 채 원형 테이블이 놓여 있는 버스의 맨 뒷좌석으로 다가가 채나에게 눈처럼 흰 고양이 스노우를 안겨줬다.

"우리 식구들인데 뭐!"

"자식! 연예인 때려치울 때까지 그 생각 변치 마라."

채나가 별일 아니라는 듯 스노우에게 키스하며 말하자 강 관장이 대견한 듯 솥뚜껑만 한 손으로 채나의 어깨를 툭툭 쳤다.

"내일 저녁에 온다고?

"웅! 필신이네 집에서 자고 올 거야. 열심히 염생이 고기 좀 먹구!"

"알았어. 대전에 도착하면 바로 전화해."

"오키! 체육관 열심히 지키고 있어."

강 관장과 채나가 마치 아빠와 딸처럼 다정하게 얘기를 주고받았다.

"우리 김 회장 아주 예쁘게 좀 해줘라. 그런 의미에서 악수!"

강 관장이 채나 옆에서 머리를 매만져 주는 구 코디에게 손을 내밀었다.

"아후! 관장님은?"

"고맙습니다, 관장님!"

강 관장이 〈우스타〉에서 하던 대로 구 코디와 엄 스타 등에게 10만 원짜리 수표를 한 장씩 쥐어줬다.

"아참, 필신아! 집에 가면 아버님께 흑염소 두 마리만 보내시라고 해라. 벌써 여름이 됐다고 비실비실한다."

"네에! 관장님."

"이건 흑염소값!"

"고맙습니다."

강 관장이 연필신에게 수표 몇 장을 건네줬고 연필신이 공손하게 받았다.

강 관장은 어느새 충북 영동에서 흑염소를 키우는 연필신 부모님의 가장 큰 바이어가 돼 있었다.

"애숙아! 연주하느라고 고생했다."

"호호! 아니에요. 간만에 재미있었어요."

"오늘 키보드 죽였어. 이거 가지고 이따가 남주하고 밥 먹고 유성 가서 온천하고 천천히 올라와. 채나 잘 도와주고!"

"네에! 관장님."

강 관장이 새롭게 채나 코러스팀에 합류한 한애숙과 박남주에게도 수표를 쥐어줬다.

"야! 정 사범."

"옛— 관장님."

강 관장이 천천히 버스 좌석 사이를 걸어오며 입을 열자 나근우 형제의 건너편에 앉아 있던 날카로운 눈매의 삼십대 사내가 벌떡 일어서며 대답했다.

"〈블랙엔젤〉 제작발표회에서 어떤 일이 있었는지 잘 알지?"

"예, 관장님!"

강 관장이 정 사범 옆에 앉아 나직이 입을 열었다.

"또라이 새끼들이 총까지 차고 나오는 판이야. 정신 바짝 차려! 어떤 새끼든 함부로 채나에게 접근하지 못하게 해. 약간이라도 수상하면 먼저 조지고! 책임은 내가 질 테니까! 알

앉어?"

"명심하겠습니다. 관장님!"

"애들 다 내려갔지?"

"예! 지금 행사장에 도착해서 이곳저곳 둘러보고 있습니다. 방금 전화 받았습니다."

"그래! 애들하고 올라올 때 그 뭐냐? 천안 명물 호두과자… 그거 한 봉지씩 사줘."

"예예! 관장님."

강 관장이 정 사범에게 다시 수표 한 장을 건네주며 몸을 일으켰다.

"귀찮아도 내일 꼭 전화해, 김 회장! 그래야 시간 맞춰서 애들 보내지?"

"우씨! 도대체 몇 번을 말하는 거야? 내가 초딩인 줄 알아?"

강 관장이 영 마음이 놓이지 않는 듯 재차 채나를 돌아보며 말하자 채나가 목청을 높였고 강 관장이 도망치듯 버스를 내려갔다.

"……!"

나근우의 눈이 가늘어졌다.

'역시 소문만큼이나 손이 큰 사람이네. 알바 스태프들에게도 모조리 10만 원짜리 수표를 한 장씩 줬어. 경호 책임자에

게는 100만 원짜리 수표를 건네줬고!'

강 관장은 미국사격협회장인 지미 페이지만큼이나 돈을 숭배하는 사람이었다.

스포츠 비즈니스와 연예 비즈니스는 물건을 파는 것이 아니라 사람을 파는 것이다.

경비를 아낀답시고 스태프들이나 관계자들에게 인색하게 해서는 절대 돈을 벌지 못한다.

내가 먼저 그들에게 투자를 해야 그들이 나에게 돈을 벌어준다.

크게 투자를 하면 크게!

작게 투자를 하면 작게!

채나가 세계적인 가수로 뜨면서 강 관장이 어떤 신문 기자와의 인터뷰에서 밝힌 사업 노하우였다.

*   *   *

"안녕하세요, 김채나 씨! 연필신 씨! 대전광역시 공보실장 오서영입니다."

"뵙게 되어 영광입니다. 이석구 계장입니다."

"김채납니다."

"반갑습니다! 연필신이에요."

채나 일행이 탄 대형버스가 마악 광명시를 벗어날 때 대전 광역시 엑스포 행사 관계자들이 채나에게 다가와 정중히 인사를 했다.

채나와 연필신이 자리에서 일어나 공손하게 답례를 했고!

"잠시 두 분께 오늘 스케줄을 말씀드릴게요."

금테 안경을 써서 그런지 꽤나 지적으로 보이는 오서영 공보실장이 미소를 띤 채 여성 특유의 하이톤으로 입을 열었다.

"대전에 도착하시면 먼저 시청 공보실 휴게실에서 휴식 겸 티타임을 가지신 후 대전 시장님과 부 시장님, 충남 도지사님 등과 조찬을 함께하실 예정이에요. 조찬이 끝난 뒤 엑스포 전시관으로 자리를 옮기셔서 잠시 관람하시고 내외신 기자들과 간담회가 있을 예정이구요."

오서영 실장이 밤새 연습한 듯 브리핑을 아주 매끄럽게 이어갔다.

한데, 본의 아니게 오서영 실장의 브리핑을 듣던 나근우는 전혀 매끄럽지 않았다.

'아, 아니 행사에 참석한 가수가 시장님이나 도지사님과 조찬을 같이해? 김채나 씨가 광명 시장이나 경기도지사쯤 되나!'

나근우는 이렇게 생각했다.

"간담회가 끝나면 연필신 씨는 행사장인 한밭 종합운동장으로 가서서 리허설에 참석하시면 되고요."

오서영 실장이 미소를 띤 채 연필신을 바라보며 말했다.

"김채나 씨는 저와 함께 대전 국제호텔로 가서서 내외 귀빈들과 오찬을 함께하신 뒤 종합운동장에서 열리는 엑스포 축제 개막식에 참석하셔서 애국가를 불러주시고, 우리 대전 시장님께서 주최하시는 다과회에 참석하신 후 휴식을 취하시다 무대에 올라가시면 됩니다."

계속해서 오서영 실장이 시청 공무원답게 채나의 스케줄을 또박또박 설명했다.

"행사가 모두 끝난 뒤에 서해가든으로 이동하셔서 충남도지사님과 만찬을 함께하시는 것까지가 오늘 김채나 씨의 스케줄입니다. 혹시라도 중간에 스케줄 변동이 있으면 즉시 보고 드릴게요. 질문 있으시면……?"

오서영 실장이 가볍게 고개를 숙이며 스케줄 보고를 끝마쳤다.

"다음엔 조찬, 오찬, 만찬, 이렇게 말하지 말고 아침, 점심, 저녁 이렇게 말씀해 주세요, 오 실장님! 그나마 내가 머리가 좀 되니까 알아듣지, 어후ㅡ"

"호호, 네! 경청해 주셔서 고맙습니다."

채나가 빽빽한 스케줄을 에둘러 꼬집자 오서영 실장이 미소를 지으며 가볍게 목례를 했다.

'경청해 주셔서 고맙습니다⋯⋯? 저건 초대 가수나 연예인들에게 쓰는 말이 아니라 VIP들에게 하는 말인데? 이거 김채나 씨는 초대가수가 아니라 완전 VIP잖아?!'

또 나근우가 매끄럽지 못했다.

지난 십여 년 동안 전혀 경험해 보지 못한 새로운 연예인의 세계를 목격했기 때문이었다.

나근우는 직업이 연예인 매니저였기에 채나의 원초적인 정체를 잊어버렸다.

채나는 빌보드 차트까지 정복한 세계적인 가수였지만 올림픽과 세계대회에서 수십 개의 금메달을 딴 스포츠 스타이기도 했다.

대전광역시 오서영 실장은 채나에게 정확히 맞춤형 대우를 해줬다.

*　　　*　　　*

버스가 막 서서울 톨게이트에 도착했을 때 뜬금없이 KBC 계석회 예능본부장이 김기영 부장과 두 명의 직원을 대동한 채 급히 버스에 올라탔다.

"어? 개 삼촌 아냐?"

"본부장님이 여기까지 웬일이시지?"

채나와 연필신의 눈이 커졌다.

'삼촌?! 계 본부장이 채나 씨 삼촌이었어? 소문에는 DBS의 홍의천 본부장이 후견인이라고 하더니 헛소문이었구만.'

나근우가 고개를 갸우뚱했다.

이어서 나근석과 이갑숙, 구경아 코디 등과 함께 분분히 일어나 공손하게 인사를 했다.

계 본부장이 얼굴을 딱딱하게 굳힌 채 고개를 주억거리며 김기영 부장 등과 함께 나근우 옆을 지나갔다.

"채나야! 너 엑스포 행사 2부 무대 공연 편성표 받은 거 있지?"

계 본부장이 채나와 연필신이 일어나 인사를 하자 어서 앉으라는 듯 손짓하며 입을 열었다.

"응! 필신이가 가지고 있는데?"

"필신아! 그거 좀 줘봐."

"네! 본부장님."

"……!"

나근우 형제가 움찔하며 마주 봤다.

'채나야? 필신아? 계 본부장님과 쟤들은 엄청 가깝다는 소리네.'

와락!

계 본부장이 신경질적으로 A4용지를 구겨 버렸다.

"내 이럴 줄 알았어. 이 사람들이 지금 장난하나? 중계해 달라고 매달릴 때는 언제고 무슨 이따위로 공연 스케줄을 편성해? 에이 쌍! 이래서 낙하산 중계는 더럽다니까. 야! 김부장! 이거 다시 한 번 확인해 봐!"

계 본부장이 구겨진 공연 스케줄 표를 김기영 부장에게 던졌다.

"이대로 들어가면 채나 씨가 두곡 부를 시간도 빡빡합니다. 본부장님!"

김기영 부장이 구겨진 공연 편성표를 자세히 살펴보며 인상을 썼다.

"그렇지? 내 예감이 맞았어. 아까부터 왠지 찝찝하더라고. 이 녀석이 공연하다가 짤리면 우리가 시청자들한테 짤릴 텐데 골치 아프네! 생방이라 겨우 오 분밖에 여유가 없는데……."

계 본부장이 머리를 북북 긁었다.

"저기 아가씨, 아, 아니, 오 실장! 나 좀 봅시다!"

계 본부장이 아가씨라고 부르다가 말을 삼키며 대전시 오서영 공보실장을 짜증스러운 목소리로 호출했다.

"네에! 본부장님."

오 실장이 뭔가 감을 잡은 듯 긴장한 표정으로 대답했다.

"도대체 이 2부 무대 공연 편성표는 누가 짠 거요? 이대로 진행하면 채나가 두 곡도 채 부르지 못하고 짤려. 빌어먹을!"

"저, 저기 본부장님! 그건 우리 공보실 담당이 아니라서요. 저희는 김채나 씨 의전 문제만을 전담하고 있을 뿐이에요."

계 본부장이 씩씩대자 오 실장이 당황하며 말을 더듬었다.

"아아—! 됐습니다! 됐어요! 대전시 송 국장 연결해 봐, 김 부장!"

"예, 본부장님!"

김기영 부장이 재빨리 휴대폰 번호를 눌렀다.

'2부 순서는 KBC에서 생방으로 때리는 거였어?!'

나근우 형제와 이갑숙이 입을 쩍 벌렸다.

공영 방송인 KBC에서 전국에 생방송으로 방영하는 무대 라면 얘기가 많이 달라진다.

이런 황금연휴의 토요일 오후에 더욱이 프라임 타임에 생 중계하는 프로라면 출연료를 반납하는 한이 있어도 출연해야 한다.

그저 나근석의 바람이었다.

안타깝게도 나근석과 이갑숙은 1부 무대의 사회자였다.

"아, 송 국장님? 나 계 본부장이오! 아무래도 2부 무대 공연 편성을 대폭 수정해야겠소. 이대로 가면 김채나가 두 곡도 부 르지 못하고 아웃이에요! 뭐요? 리허설 때 바꾸자고요? 나 참! 채나는 리허설에 참석 못해요. 거 월드컵 조직위원회에서 말 안 합디까? 이 사람들 완전 막가파네! 채나한테 VIP들을 만나달라고 통사정을 하더니 무슨 일을 이따위로 하는 거야, 씨벌!"

계 본부장이 점점 열이 받는지 육두문자를 내뱉으며 계 본부장 본연의 자세로 돌아갔다.

"아아! 그래요! 열두 시부터 대전 국제호텔에서 FIFA 맥리걸 부회장, IOC 사마란치 위원장, 페이지 세계사격연맹 회장하고 오찬 회동이 있어요. 물론이오! 총리님과 한국자유당 신형상 대표와 당신네 시장과 충남도지사도 배석합니다. 알겠소! 내가 편성표를 손봐서 연락할 테니까 송 국장이 출연자들에게 통보 좀 하세요. 예에!"

계 본부장이 신경질적으로 전화를 끊으며 오 실장을 째려봤다.

"이보슈! 오서영 실장!"

"네! 본부장님."

"앞으로 행사 중계 부탁할 때는 최소한의 매너는 좀 지켜주쇼! 우리하고는 일언반구 상의도 없이 주먹구구식으로 만든 프로그램을 불쑥 들이밀면 어쩌자는 거요? 아실 만한 분들이 원! 수십억씩 쏟아붓는 행사가 장난은 아니잖소?"

"그게……."

계 본부장이 특유의 쏘는 듯한 말투로 오 실장을 나무랐다.

"우리 직원들하고 긴밀하게 상의를 하셔야 하오. 수십 번 상의를 하고 리허설을 몇 번씩 해도 NG가 나고 사고가 터지는 게 생방이오! 그냥 카메라만 돌린다고 되는 게 아니오. 지금쯤 행사장에 우리 방송사 엔지니어들과 스태프들이 도착했을 거요. 여기 김기영 부장이 책임 PD니까 지금부터라도 잘 상의하세요."

"보, 본부장님 말씀은 잘 알겠어요. 한데 아까 말씀드렸다시피 저는 의전담당이라서 상황을 잘 모르거든요!"

"어휴! 혈압 올라. 공무원들은 이래서 문제야! 공보실장이나 되는 고위 관계자조차 뭐가 어떻게 돌아가는지 모르고 일이 진행되고 있으니 참나!"

"죄송해요, 본부장님! 서너 개 난체가 연합해서 행사를 주관하다 보니까 자꾸 펑크가 나네요."

계 본부장이 오서영 실장에게 뭔가 또 잔소리를 시작하려고 할 때 김부장이 편성표를 살펴보며 입을 열었다.

"저기… 박진호하고 조보라만 빼면 어떻게 될 것 같습니다."

"그래?"

"예! 그럼 채나 씨한테 약 삼십 분 정도 시간이 할애될 것 같습니다. 약간 아쉬운 맛은 있지만 시청자들에게 욕은 먹지 않을 겁니다."

"좋아. 당장 송 국장에게 연락해!"

"예! 본부장님."

김기영 부장이 씩씩하게 대답하며 같이 온 직원들에게 눈짓을 했다.

직원들이 휴대폰을 검색한 후 재빨리 번호를 누르기 시작했다.

'어이구! 박진호하고 조보라면 이 바닥에서 먹어주는 스타들인데 간단히 뺀찌야.'

나근우가 몸서리를 쳤다.

바로 이것이 연예계였다.

그리고 PD가 왜 방송사에서 왕이라고 하는지 아주 잘 보여준 사례였다.

PD들에게 어떤 프로가 맡겨지면 제작에 관한 한 전권이 주어진다.

리허설이 끝난 뒤에도 출연자들을 아웃시키고 녹화가 완전히 끝나도 마음에 들지 않으면 통편집을 해버리기 일쑤다.

프로그램의 질을 높이기 위해서라는데 뭔 말을 할까?

"야, 한 차장! 아까 시청률 예상보고서 받았지?"

"예에! 본부장님. 채나 씨가 공연 대미에 출연해서 세 곡을 부른다는 가정하에 뽑은 보고서입니다."

"몇 프로야?"

"전국 시청률 37%입니다.

"으흐흐흐! 미친다, 미쳐! 가볍게 40으로 가는구만."

계 본부장이 고개를 설레설레 흔들었다.

곧 바로 채나 옆에 다가가 앉으며 눈에 힘을 줬다.

"채나야, 필신아! 지금부터 내가 하는 말을 잘 들어. 오늘 엑스포 2부 행사는 생방이야. 너희가 진짜 잘해야 돼! 특히 필신이… 사회자인 네가 아주 중요해. 우리 방송사 아이돌 아나운서이신 손규환이가 입은 좀 되지만 경험이 없어서 꽤 버벅거릴 거야. 넌 큰 무대 경험이 많으니까 잘 리드해. 채나 앞에서 공연하는 애들 토크를 조금씩 잘라서 될 수 있으면 채나에게 많은 시간을 할애해 줘! 알았지?"

"네에! 본부장님."

연필신이 공손하게 대답했다.

"채나는 앙코르 곡까지 여섯 곡 이상 준비하고!"

"우씨! 삼촌 말은 잘 알아들었는데… 좀 그러네! 주최 측에서 생중계한다는 말을 전혀 하지 않았다고."

역시 채나는 연필신처럼 만만하지 않았다.

눈꼬리가 가늘어졌다.

기분 나쁠 때 나오는 채나의 리액션이라는 것을 대한민국 국민이 다 알았다.

"맞아요! 저희에겐 TV에서 방영한다는 말을 한마디도 하지 않았어요, 본부장님."

연필신이 용기를 내서 지원사격을 했다.

어떤 행사를 주최하는 관계자들이 사전에 가수나 개그맨 같은 출연자들에게 고지하지 않은 채 촬영을 한다거나 방송을 하는 것은 엄청난 결례였다.

분쟁의 소지가 다분한 아주 위험천만한 일로 횡포에 가까운 행위였다.

하지만 대부분의 행사 관계자들이나 방송사 관계자들은 그런 일에 전혀 신경을 쓰지 않았다.

행사 주최 측과 방송사 관계자들은 갑이고 출연자들은 을이었기 때문이다.

갑과 을!

요즘 인터넷 검색어에 가장 많이 올라오는 어휘다.

"지금 월드컵 때문에 세계 각국에서 많은 귀빈이 내한했어. 그 귀빈들이 채나 네 노래를 듣고 싶대. 네 얼굴도 보고 싶고! 해서 우리 대장께 여기저기서 압력이 엄청 들어왔어. 엑스포 무대를 중계하라고 말이지. 대장은 어젯밤에서야 결단을 내렸고!"

계 본부장이 평소와 달리 찬찬히 설명을 했다.

상대가 삽이나 도끼를 마음대로 휘두르는 여자였기 때문이다.

"감 잡았어! 삼촌이 출연료나 많이 타줘. 필신이 카드값 엄청 밀렸거든!"

"이히히히히!"

계 본부장이 설명을 끝내기도 전에 채나가 귀찮다는 듯 손을 저었고 연필신이 폭소를 터뜨렸다.

"오냐! 이 삼촌이 너희들 출연료는 확실하게 챙겨주마."

"채나 씨! 사장님이십니다. 잠깐 받아보시죠!"

"큰아빠예요?"

"예!"

계 본부장이 웃으면서 주먹을 움켜쥘 때 김기영 부장이 채나에게 휴대폰을 건넸다.

"오키! 물론 세계적인 VIP들이신데 나한테도 도움이 되겠지, 그럼! 열심히 호스트 노릇할게. 큰아빠하고 개새끼 삼촌 엄청 유능하다고 마구 선전하고. 에헤헤헤! 그래! 올라가면 사무실에 들를게."

채나가 귀엽게 웃으며 김기영 부장에게 휴대폰을 돌려줬다.

"VIP들하고 오찬 하는 거 대장이 스케줄 잡았다고 하시냐?"

"함 봐 달래! 큰아빠도 먹고살아야 되니까 어쩔 수 없이 아부하는 거라고."

"그럼 대장도 국제호텔 오찬에 참석하시겠구만?"

"응! 필신이하고 내 보너스 들고 행사장에도 들리시겠대."

"히히히! 친구 잘 두니까 좋다. 방송사 사장님이 직접 오셔서 보너스도 주시고."

"근데 큰아빠 오늘 컨디션 짱이네. 목소리에 기름기가 쪽쪽 흘러?"

"으흐흐흐! 그데 다 시청률 때문이다."

"시청률?"

"김채나 효과인지 박지은 효과인지 최영필이 때문이지는 모르지만 신기하게도 〈KK팝〉 예고편이 나간 후 끝없이 꼴아박던 우리 방송사 시청률이 기다렸다는 듯 치고 올라갔다. 어제 보고서에 의하며 지난 한 주간 전국 시청률이 10.1%였단다!"

"화아— 그럼 큰아빠하고 삼촌들 안 짤리겠구나?"

"큭큭큭, 오냐! 너희 덕분에 실업자 면했다. 야! 채나 매니저, 이리 와봐!"

계 본부장이 몹시 기분이 좋은 듯 하이톤으로 채나 매니저를 불렀다.

"히히, 전데요. 본부장님!"

"윽! 맞아. 필신이 네가 지금까지 채나 매니저 노릇을 했지? 이 강 관장 완전 돌았어. 어떻게 천하의 김채나에게 전담

매니저 하나도 안 붙여준대? 필신이는 오늘 MC까지 봐야 하
는데 어쩌라는 거야, 대체!"

"오늘은 저희가 채나 언니 임시 매니저를 해드리기로 했어
요. 본부장님."

계 본부장이 금방이라도 강 관장과 한판 붙을 것처럼 씩씩
대자 구경아 코디가 조심스럽게 나섰다.

"그래? 그럼 이거 갖고 있다가 점심 먹고 행사 끝나면 저녁
식사해.

"아휴, 고맙습니다. 본부장님! 잘 쓰겠습니다."

계본부장이 봉투 하나를 건넸고 구 코디가 공손하게 받았
다.

"오냐! 그리고 연필신이 매니저 이리 와봐."

"제가 필신 언니 일일 매니저입니다."

이갑숙이 삘쭘한 표정으로 계 본부장에게 다가왔다.

"으흐— 야, 연필신! 너도 채나한테 배운 거냐? 왜 이갑숙
이가 네 매니저야?"

"본부장께서도 아시다시피 제가 그동안 형편이 거시기 해
서 매니저 둘 형편이 아니었거든요."

"알았어, 임마! 갑숙아! 이따가 기름 넣고 밥 먹어."

"고맙습니다, 본부장님."

이갑숙이 봉투를 받으며 배꼽인사를 하고 제자리로 돌아

갔다.

"야, 김채나! 연필신! 니들 내가 경고하는데 하루 빨리 매니저 구해."

계 본부장이 채나와 연필신을 쏘아보며 손가락질을 했다.

"전 이미 구했어요. 본부장님! 며칠 있으면 아주 쿨한 애가 올 거예요."

"좋아, 필신이는 됐고! 채나는 왜 대답이 없어?"

"씨이! 경아 애들 끌고 다니기도 귀찮은데 또 무슨 매니저까지 달고 다니래? 이젠 애숙이 언니랑 남주까지 있다고!"

채나가 짜증스럽게 대꾸했다.

"임마! 너 편하라고 매니저 두래? 너처럼 잘나가는 놈이 사람을 써야 백수들이 줄어들 거 아냐."

"……!"

계 본부장이 목청을 높이자 채나가 움찔했다.

"히히히, 내가 엊그제 말했지? 너 같은 슈퍼스타가 사람을 많이 고용해야 우리나라 실업률이 낮아진다고."

"필신이 말이 맞아! 네가 한 명을 쓰면 한 명이, 두 명을 쓰면 두 명이 실업자를 면하는 거야."

"……."

갑자기 계 본부장이 고용노동부 국장쯤으로 변신했다.

어쨌든 계 본부장의 말은 확실했다.

채나처럼 곡당 일억 원을 받는 슈퍼스타라면 수십 명의 스태프는 기본으로 데리고 다녀야 정상이었다.

스타와 메이크업을 맡는 팀, 코러스팀, 댄서팀, 밴드팀, 경호팀, 운전 등 잡일을 담당하는 로드매니저 팀, 스케줄 매니저 팀 등등.

마이클 잭슨 같은 외국의 탑 가수들은 전속 요리사까지 데리고 다녔다.

채나는 예외였다.

선천적으로 번거로운 것을 질색했다.

게다가 〈블랙엔젤〉 제작 발표회에서 잠깐 밝혔듯 채나의 음악적인 마인드는 다른 가수들과는 완전히 달랐다.

팝의 황제 마이클 잭슨은 댄스의 스텝 하나하나와 무대의 조명 하나하나까지 세심하게 신경을 쓰며 노래를 듣는 것만이 아닌 눈으로 보는 드라마처럼 만들어낸 뮤지션으로 유명했다.

그 대각에 서 있는 뮤지션이 바로 채나였다.

채나는 무대에서 물이 새든 조명이 깨지든 밴드가 누가 오든 전혀 신경을 쓰지 않았고 관심조차 없었다.

새벽 다섯 시에 버스에 올라가 노래를 하는 사람이 바로 채나였다.

가수는 어느 때 어느 상황에서도 노래를 해야 하고 대중을 감동시켜야 한다.

그것이 바로 진정한 프로 뮤지션이다.

짱 할아버지는 아주 오랫동안 채나를 이렇게 조련했다.

이 부분!

채나의 음악에 대한 이 마인드가 세계적인 메이저 레코드
사와 방송사 관계자들이 채나를 아주 높이 평가한 부분이었
다.

채나처럼 순순한 보이스로 승부하는 가수들은 전 세계적
으로 거의 멸종상태였으니까!

"명심해라, 김채나! 앞으로 넌 전 세계를 돌아다니며 공연
해야 돼. 그럼 오늘 새벽처럼 상상불허의 인파들이 몰려들 거
야. 그중에 어떤 정신병자가 있을지 아무도 몰라! 지난번에
서울호텔에서 경험했잖아? 강 관장하고 잘 상의해서 영어도
좀 되는 똑똑한 놈으로 매니저를 구해. 경호팀도 이 장군한테
부탁해서 확실한 놈들로 만들고."

"……."

이날 계 본부장은 채나에게 괜찮은 가르침을 줬다.

많은 사람과 행동하는 것이 싫어서 스태프들을 고용하
지 않았던 채나가 이후부터 스태프들을 수십 명, 수백 명씩
데리고 다니는 결정적인 계기가 됐던 것이다.

자신이 싫든 좋든 사람을 고용하면 그 사람에게는 직장이

되고 돈을 벌어 안정된 생활을 할 수 있다는 것!

채나는 늘 기억하고 실천했다.

*   *   *

"······!"

대전시청 앞에서 채나 일행과 헤어져 공보실 이석구 계장
이 운전하는 승용차를 타고 대전 한밭 종합운동장 입구에 도
착한 나근우 일행은 또다시 오늘 새벽처럼 눈이 왕창 커졌다.

종합운동장으로 향하는 대전시 충무로 네거리부터 밀려든
인파들로 인해서 차가 엉금엉금 기어갔기 때문이다.

잘 알겠지만 대전 한밭 종합운동장은 충청남도 도민들의
성금으로 지었다는 대전 공설운동장의 다른 이름이다.

한밭이란 큰 밭, 한문으로 쓰면 大田이 되고!

"화아아! 원래 엑스포 축제를 하면 이렇게 많은 사람이 모
이나요? 이 계장님!"

"하하하! 웬걸요? 오늘은 작년보다 손님들이 한 열 배쯤 더
오셨어요. 모두 김채나 씨 효과지요."

"어이구一! 광명시에서도 이러더니 대전에서도 이러네. 채
나 언니가 정말 굉장하긴 굉장하구나!"

"굉장한 정도가 아니라 무서울 정도입니다. 김채나 씨 인

기 정말 무섭습니다. 제가 올해로 공무원 생활 이십 년째인데 몇 년 전에 최영필 씨나 신영훈 씨 등도 모시고 행사를 치러 봤습니다만, 지금 김채나 씨 인기에 비하면 새발에 피예요."

"……!"

"김채나 씨가 출연한다는 소문이 퍼진 후 필드석 이만장 스탠드석 삼만 장이 단 하루 만에 매진됐어요. 물론 공짜니까 그런 영향도 있었겠지만 주민증을 제출하고 일인 이표로 제한하는 번거로운 절차가 있었음에도 순식간에 바닥났습니다. 사흘 전부터 밤을 새워 줄을 서고 진짜 그런 난리가 없었습니다! 어후—! 말도 마시라니까요."

"그, 그 정도였습니까?"

"하참! 공짜표가 인터넷에서 장당 10만 원에 거래된다니 할 말이 없죠. 저렇게 표를 못 구해서 안달이신 분들도 있고……."

웅성웅성!

한밭 종합 운동장 앞에는 수많은 군중이 운집해 있었고 대전시의 모든 경찰이 동원된 듯 수천 명의 전투 경찰이 철저하게 경비를 하며 통제하고 있었다.

게다가 눈에 들어오는 것을 그뿐만이 아니었다.

또 다른 한쪽으로 이갑숙이 눈을 돌렸다가 감탄을 했다.

"아니, 웬 구급차가 저렇게 많이 대기하고 있죠? 무슨 큰

사건이 터졌나요?"

이갑숙이 차창 밖으로 좌악 늘어선 구급차들을 쳐다보며 입을 딱 벌렸다.

그런 이갑숙의 말에 이석구 계장이 씨익 웃으며 답했다.

"다른 시도 행사 관계자들이 가르쳐 줬습니다. 김채나 씨가 출연한다면 무조건 구급차를 대기시키고 공연을 시작해야 된다구요. 기본으로 수십 명은 쓰러진다면서 말이죠. 제가 생각해도 그럴 것 같긴 합니다. 하하!"

"킥킥! 하긴 지난 몇 개월 동안 채나 언니가 종합병원 응급실 돈 벌어준 일등공신이라고 하더라구요!"

"근데… 이 엑스포 축제, TV에서 중계하는 거였어요? 이 계장님!"

나근우가 매니저답게 궁금한 것을 슬며시 물어봤다.

"뭐, 우리 같은 주최 측이야 행사의 목적이 홍보에 있으니까 늘 중계해 주길 바랄 수밖에 없죠. 작년에도 여기저기 방송사를 쫓아다니며 부탁을 했지만 요지부동이었습니다. 근데 말이죠."

여기까지 말을 꺼낸 이 계장의 입꼬리가 더욱 하늘을 찌를 듯 의미심장하게 올라갔다.

"올해는 김채나 씨가 출연한다고 한마디 했더니 KBC에서 생중계로 때려준다고 하더군요. 물론 우리 시장님이 고위층에 로비를 하셨겠지만요!"

나근우는 도무지 정신을 차릴 수 없었다.

채나가 세계적인 슈퍼스타로서 그 인기가 하늘을 찌른다는 거야 알고 있었지만 이 정도일 줄은 몰랐다.

게다가 벌어지는 사태 하나하나가 심상치 않다.

공짜표 하나가 인터넷에서 암표상에게 10만 원씩 거래가 되고, 수백 대의 엠블란스가 공연장 앞에 대기하고 있고 느닷없이 TV로 생중계를 한다?

대체 김채나가 얼마나 대단하면 이럴까?

그렇다면 간단히 계산하더라도 당연히 김채나에게 노래 한 곡당 1억 원 이상을 줘야 한다.

자신이 김채나 매니저라면 2억에서 3원을 요구했을 것이다.

아니면 1회 공연에 10억 원 이상의 개런티를 불렀을 것이고!

나근우는 미국 메이저 레코드사에서 채나에게 미화 1억 불 이상을 지불했다는 소문이 오늘에서야 실감났다.

간단히 계산해 보자.

10만 원씩 열 명이면 100만 원, 백 명이면 1,000만 원, 천 명이면 1억 원이다.

현재 공연장에는 5만 명 이상이 입장해 있으니 간단히

50억이다.

거기다 텔레비전에서 생중계까지 하고!

통상 출연료와 필요 경비 일체를 제외하면 약 이십에서 삼십 프로 남는 것이 순수익이다.

오늘 단 한 번 공연에 10억에서 15억 원이 쏟아져 들어오는 것이다.

물론 주먹구구식으로 계산할 때 그렇다는 말이다.

*　　　*　　　*

수천 명의 전경이 철옹성처럼 포위하고 있는 한밭 종합운동장은 거대한 꿈돌이 모형의 애드벌룬과 〈2002 대전 엑스포 사이언스 대축제〉라고 쓰인 간판들이 여기저기 붙어 있었다.

삼만 명을 수용한다는 운동장에 척 보기에도 오만 명 이상은 족히 될 듯한 대관중이 들어와 있었고!

개그맨 경력이 십 년이 넘는 나근석이나 신인인 이갑숙도 놀라기는 마찬가지였다.

이렇게 관객이 많은 무대는 머리털 나고 처음 서보기 때문이다.

어쨌든, 대전 엑스포 축제 1부 〈전 국민 노래자랑〉은 무사히 끝났다.

예심을 거치고 올라온 삼십 명의 출연자가 노래를 부르고 심사위원들이 평을 하고 대전 시장이 직접 시상을 하는 우리가 늘 해오고 늘 봐왔던 노래 자랑.

그 아마추어 콩쿠르 대회였다.

나근석과 이갑숙은 관중들 앞이라서 약간 버벅대긴 했지만 그래도 무난하게 진행을 했다.

준비한 개인기를 촘촘히 소화했고 순발력도 아주 좋았다.

백 점 만점에 팔십 점은 충분했다.

그렇게 1부 순서가 끝났을 때 이석구 계장이 흡족한 표정으로 나근우에게 다가와 봉투 두 개와 영수증 두 장을 내밀었다.

"하하! 역시 김채나 씨가 추천하실 만하네요. 나근석 씨 관록이 대단하세요. 아주 매끄럽고 재미있게 진행하셨습니다. 이갑숙 씨도 초보치고는 죽여주시는데요!"

이석구 계장이 침을 튀기며 만족감을 표시했다.

"고맙습니다. 계장님! 형이 이런 큰 행사는 꽤 많이 다녔거든요."

"예! 정말 수고 많이 하셨습니다. 여기 개런티……."

"어이구! 직접 주시는 거예요?"

"하하! 제가 담당은 1부 무대에서 사회를 보신 두 분입니다. 다른 직원들은 어떻게 개런티를 지불하는지 모르지만 저는 무조건 현찰 박치기입니다. 현장에서 영수증과 교환하면 간단하잖아요?"

"제가 제일 좋아하는 스타일입니다. 여기 사인하면 되는 거죠?"

"예예! 이갑숙 씨 영수증도 대신 사인 좀 해주세요."

"이 계장님! 다음에 행사 있으면 꼭 좀 불러주세요. 저희 잊지 마시고!"

"하하, 나 선생님! 지금 부르신 것처럼 전 계장에 불과합니다. 끗발이 전혀 없어요. 여담이지만 이런 행사에 출연하시고 싶으시면 이번처럼 김채나 씨한테 부탁하는 게 가장 빠른 지름길입니다."

"아, 네!"

"나 선생님 저 바빠서 멀리 나가지 못합니다. 오늘 수고하셨구요. 다음에 뵙게 되면 소주라도 한잔하죠. 안녕히 가세요."

이석구 계장이 무척이나 바쁜 듯 나근우와 손을 잡는 둥 마는 둥 하고 급히 사라졌다.

나근우 또한 이석구계장과 악수를 한 뒤 세어 보지도 않고 받은 개런티 봉투가 궁금해서 출연진 대기실에서 재빨리 화장실로 튀어갔다.

정확히 100만 원과 50만 원.

두 개의 봉투에는 합계 150만 원이 들어 있었다.

약속한 것보다 무려 60만 원이 더 왔다.

충분히 이해가 됐다.

김채나 체면 때문에 기름값으로 60만 원을 더 줬던 것이다.

채나는 이렇게 연예인 동료들의 출연료까지 도움을 줬다.

"와아아아아아—!"

화장실에서 출연료 봉투를 펼치고 흐뭇한 표정으로 세어 보던 나근우는 갑자기 들려온 함성에 하마터면 봉투를 변기에 빠뜨릴 뻔했다.

"김채나! 김채나! 김채나!"

"채나 언니! 채나 누나!"

"사랑해요! 좋아해요 김채나! 김채나!"

"도끼를 마음대로 휘두르는 그 여자! 그 이름은 김채나 성난 김채나! 우스타를 밟아주고 엑스포로 왔다! 우스타를 밟아주고 엑스포로 왔다! 도끼를 마음대로 휘두르는 그 여자! 그 이름은 김채나! 성난 김채나!"

다시 채나 송이 대전광역시 한밭 종합 운동장을 울리기 시작했다.

군중이 지르는 환성과 노랫소리가 얼마나 큰지 마치 지진이 난 것처럼 화장실 문이 마구 흔들리고 심지어 변기까지 흔들렸다.

나근우가 쓴웃음을 지으며 잽싸게 봉투를 품속에 챙겨 넣고 화장실을 뛰쳐나왔다.

"지금부터〈대전 엑스포 사이언스 축제〉2부 무대 그 식전 행사를 시작하겠습니다!"

와아아아! 짝짝짝!

우레와 같은 함성과 박수 소리와 함께 양복을 걸친 사십대 사내가 무대에서 마이크를 들고 진행을 했다.

2부 무대 리허설을 시작하기 전에 정치인들이 가장 좋아하는 그 식전 행사가 마악 시작됐다.

나근석과 이갑숙이 큰 실수 없이 1부 무대 사회를 끝냈기에 아주 편안한 얼굴로 무대 아래 저편에서 서서 2부 무대 식전 행사를 지켜보고 있었다.

나근우가 조용히 다가갔다.

"형! 개런티 받았어. 이건 갑숙 씨 거!"

나근우가 나직이 말하면서 봉투 하나를 이갑숙에게 내밀었다.

"아자! 아자! 아자! 이갑숙 파이팅!"

"핫핫핫!"

이갑숙이 봉투를 쥔 채 주먹을 불끈 쥐며 힘차게 구호를 외쳤다.

나근우 형제가 환하게 웃으며 축하를 해줬다.

이갑숙이 연예계에 들어와 개그우먼이 된 후 처음 출연한 행사에서 첫 개런티를 받았다.

당연히 감개가 무량했다.

동시에 이갑숙의 머리가 복잡해졌다.

오늘 받은 개런티를 어떻게 써야 하는지 계산을 하고 있었다.

이갑숙의 복잡한 머릿속과는 상관없이 엑스포 축제 2부 식전 행사의 사회자는 아주 경쾌한 목소리로 채나를 소개했다.

"그럼 먼저 빌보드의 여왕이신 슈퍼스타 김채나 씨께서 나오셔서 애국가를 불러주시겠습니다. 내외빈 여러분과 관중께서는 김채나 씨가 애국가를 부르실 때 모두 일어나셔서 국기에 대한 경례를 해주시길 바랍니다."

"와아아아아!"

다시 엄청난 함성이 한밭 운동장을 진동했고,

"동해물과 백두산이 마르고 닳도록 하느님이 보우하사 우리나라 만세!"

채나가 특유의 화려하면서도 맑고 차가운 음성으로 애국가를 불렀다.

짝짝짝짝!

"김채나! 김채나! 김채나!"

채나가 애국가를 다 부르기도 전에 종합 운동장이 마구 흔들릴 만큼 엄청난 박수가 쏟아지며 김채나를 연호했다.

아마 채나는 오늘 한 나라의 국가를 부르고 가장 큰 박수를 받은 가수로서 기네스북에 등재될 것이 틀림없었다.

"이어서 다음 순서를 진행하기 전에 잠시 우리 대전광역시 김길중 시장님께서 나오셔서 세계적인 슈퍼스타인 김채나 양에게 선물을 증정하도록 하겠습니다. 증정하실 선물은 익명의 김채나 씨 팬께서 전달해 주신 것으로 시가 10억 원 상당의 마이크 스탠드입니다."

"우아아아아!"

사회자가 채나 팬이 전해준 선물을 소개하자 또다시 한밭 종합운동장이 함성의 바다로 일렁였다.

"다이아몬드, 루비, 사파이어, 백금, 티타늄을 재료해서 명인이 정성을 드려 만든 마이크 스탠드라고 합니다. 참고로 제가 지금 사용하는 마이크 스탠드는 약 5만 원짜리로 확인됐습니다."

"하하하핫!"

사회자의 너스레에 관중이 폭소를 터뜨렸다.

"그럼 시장님! 김채나 씨에게 10억짜리 명품 마이크 스탠드를 전달해 주시죠."

김길중 대전광역시장이 오만 명의 관중 앞에서 이름을 밝히지 않는 채나 팬을 대신해 전달한 보석으로 치장한 명품 마이크 스탠드!

  번거로운 것을 지독하게 싫어하는 까칠쟁이 채나가 항상 무대에 가지고 나가서 평생 사용했다.

  미국 대통령 취임식장의 단상에도 늠름하게 놓여 있었고!

3장

금의환향 연필심!

—〈물건 하나〉 논(畓) 22,500평.

—〈물건 둘〉 과수원 63,800평(밭(田) 5,000평 포함).

매수자 연대희가 계약금 1억 원과 잔금 9억 8,000만 원을 지불함과 동시에 매도자 황수일은 상기 물건에 관한 모두 권리를 매수자 연대희에게 양도한다.

단, 잔금 9억 8,000만 원은 대전시 국민은행 문화동 지점에 근저당된 채권 최고액 6억 5,000만 원을 공제한 후 나머지 금액을 지불한다.

충청북도 영동군 조산면 조산면사무소 앞에 위치한 조산부동산 박춘배 사장이 지금 열심히 검토하고 있는 부동산 매매계약서의 요지였다.

"이 물건들의 근저당과 등기 이전은 우리 쪽 법무사한테 부탁해서 처리하는 것으로 허것슈. 이의 없쥬?"

"그렇게 허야쥬!"

"당연히 박 사장님 쪽에서 처리허시야쥬. 큰 손님을 모시고 오셨는디……."

박춘배 사장이 돋보기를 벗으며 사무실 한편에 앉아 있던 세 명의 중년 사내에게 동의를 구하자 사내들이 흔쾌히 승낙했다.

싵은 충청도 사투리를 뱉는 이 사내들은 모두 대전 청주등지에서 부동산 사무실을 운영하는 부동산 중개인들이었다.

물건이 워낙 덩어리가 커서 매매가 여의치 않자 매도자인 황사장이 물건들을 잘라 여기저기 내놓은 덕에 부동산 중개인만 네 명이나 끼게 됐던 것이다.

"헌디 우리 법무사가 내 얼굴이나 기억헐랑가 모르것네? 작년 그렇키 한 건 맡기고 처음이니 말여."

박춘배 사장이 충청도 사람 특유의 엄살을 떨며 서류들을 찬찬히 챙겼다.

"나도 일반이유. 장사가 월매나 안 되는지 계약서 쓰는 법

두 잊어버렸슈!"

"맞아유! 이렇게 가면 떡방 닫으야지, 대책없슈."

사무실에 모여 있던 부동산 중개인들이 불경기를 탓하며 넋두리를 했다.

"아침부터 푹푹 찌는구먼!"

그때, 반팔 와이셔츠에 넥타이를 맨 뚱뚱한 중년 사내 황도 일 사장이 손수건으로 연신 땀을 훔치며 사무실로 들어섰다.

공시지가 15억 원 상당의 논과 과수원을 매물로 내놓은 장 본인이었다.

"벌써 장마가 시작된내뷰! 더운디 오시느라 고생허셨슈, 황 사장님."

"별말씀을. 대전에 볼일이 좀 있어서 겸사겸사 내려왔습니다."

박춘배 사장 등이 반색하며 황 사장을 맞았고 황 사장이 웃는지 우는지 모를 복잡한 표정으로 인사를 받았다.

"촌이라서 대접할 것두 읍구, 수박이나 좀 드시쥬. 금방 내 하우스서 따왔슈!"

"아예! 고맙습니다."

황 사장이 잘 익은 수박이 놓여 있는 테이블 앞에 조용히 앉았다.

"쩌업, 쩌업."

박춘배 사장이 황 사장을 힐끗 쳐다보며 입맛을 다셨다.

공시지가 합계 15억 원짜리 물건을 장장 일주일에 걸쳐 네 군데 부동산 사장들이 모여 흥정을 끝내고 계약금은 오늘, 잔금은 월요일 날 은행에 가서 융자금을 갚으면서 지불하기로 약속하고 4억 2천만 원을 깎아 계약서를 작성했다.

즉, 매수자가 계약금과 잔금을 거의 동시에 지불하는 조건으로 공시지가의 삼분지 일이나 되는 금액을 후려쳐 맺은 계약이었다.

이제 매수자와 매도자가 계약서에 도장을 찍고 매수자가 매도자에게 계약금 1억 원을 건네면 10억 8,000만 원짜리 계약이 이뤄진다.

만에 하나 계약이 삐그러질 이유도 없었다.

보시다시피 돈이 급한 매도자 황 사장이 벌써 사무실에 와서 대기하고 있을 정도였으니까!

지금 이 순간에도 박춘배 사장은 믿어지지 않았다.

아니, 너무 배가 아파 믿고 싶어 하지 않았다.

'허어어참—! 대희 성이 황 부자집 문전옥답과 과수원을 살 줄이야? 월매나 부러운지 아픈 배가 영 가라앉지를 않네그려!'

박춘배 사장은 열흘 전쯤 쌍둥이 아버지 연대희 이장이 오래전에 매물로 나온 황 부잣집 논들과 과수원을 사달라고 부탁 했을 때는 처음에 농담인 줄 알았다.

사실이라는 걸 알고 까무러칠 만큼 놀라서 수십 번을 되물었고!

자그마치 논이 백열 마지기가 넘었고 과수원은 영동군 내에서도 알아줄 만큼 넓었다.

마지기란, 오래전에 우리나라에서 주로 논이나 밭의 넓이를 말할 때 사용했던 단위로써 한 마지기는 삼백 평이나 이백 평 정도였고 대부분 이백 평을 한 마지기로 쳤다.

황 부잣집 논들과 과수원은 덩어리가 너무 커서 매물로 나온 지 벌써 삼 년이 지났는데도 작자가 나타나지 않았던 물건이었다.

한데, 어느 날 갑자기 연대희 이장이 그 물건을 사달라고 했으니 박춘배 사장이 기가 막힐 수밖에 없었다.

사실 시골 땅은 신도시가 들어온다거나 관광단지로 개발된다든지 하는 호재가 있기 전에는 잘 매매가 되지 않는다.

매매가 된다 해도 그저 천 평 미만의 작은 물건들이다.

더욱이 영동 읍내에서도 버스로 한 시간 이상 들어가야 하는 조산면 같은 산골에 위치한 10억 원이 넘는 덩어리라면 결코 거래가 될 수가 없었다.

10억 원이 넘는 돈을 투자할 만큼 메리트가 없기 때문이다.

농사를 지어서는 투자한 금액을 도저히 건질 수 없었고!

곧 계약금 1억 원을 들고 등장할 조산면 상서리 연대회 이장 같은 경우는 천에 하나 있을까 말까 하는 아주 특수한 경우였다.

어쨌든 박춘배 사장이 조산면사무소 앞에 부동산 사무실을 연지 이십 년 만에 만난 가장 큰 건이었고 가장 큰 대박이었다.

'잘 키운 딸 하나 열 아들 부럽지 않다더니 참말이여! 어릴 때부터 그렇게 똑똑하더니 필신이가 대단한 녀석이여. 지 아버지 한을 한 방에 풀어주는구먼! 그거 참⋯⋯.'

박춘배 사장은 연대회 이장보다 세 살 아래였다.

조산초등학교 선후배 사이면서 베트남전에 청룡부대 용사로 같이 참전했던 전우이기도 했다.

말 그대로 한평생을 한마을에서 살아온 사이였고 지금도 일주일에 한두 번은 꼭 만나서 막걸리 한 잔씩 하는 친형제 같은 사이였다.

연대회 이장이 입도 뻥긋하지 않았지만 박춘배 사장은 10억 원이 넘는 돈의 출처를 옆에서 지켜본 사람처럼 훤히 꿰고 있었다.

연대회 이장 집안 사정을 누구보다도 잘 알기 때문이다.

논이나 밭 몇 마지기 가지고 뼈 빠지게 농사를 짓고 소나

닭 몇십 마리를 아무리 잘 키워 팔아도 평생 10억 원을 모을 수는 없다.

1억 원도 약간 버겁긴 하지만 뭐 불가능한 액수는 아니다.

가끔 특수작물을 해서 5억을 올렸네, 10억을 벌었네 하면서 신문에 나고 TV에 나오는 농부들도 있다.

얼마나 특이한 경우면 신문 방송에 다 나올까?

한해 농사를 열심히 지어 생활비 쓰고 애들 뒤치다꺼리 하고 나면 손에 몇 푼 쥐지 못하는 게 연대희 이장 같은 평범한 농부들의 현실이었다.

분명히, 요즘 개그우먼인가 코미디언인가로 아주 잘나가는 쌍둥이 자매 중 큰딸 연필신이가 번 돈이 틀림없었다.

박춘배 사장은 이 산골에서 부동산 중개인을 할 만큼 머리가 트인 사람이다.

연예인 살림살이는 도깨비 살림이라는 소문을 꽤 들었다.

연예인은 어느 때고 딱 한 방만 터지면 그것으로 평생을 먹고산다고 했다.

"인생 뭐 있어? 딱 한 방이지!"

이 한 방을 연필신이가 터뜨린 것 같았다.

'어이구―! 대희 성네는 집터가 좋은겨? 아님 조상 산소를 잘 쓴겨? 워찌 애들 삼남매가 그렇기 공부도 잘하고 돈두 잘 번디야?

찰칵!

박춘배 사장이 사무실에서 나와 혀를 차면서 일회용 라이터로 담배에 불을 붙였다.

바로 그때, 키가 멀끔하게 크고 순한 말처럼 생긴 연대희 이장이 여느 시골 이장님들과는 많이 다르게 아주 말끔한 양복을 걸친 채 쌍둥이 딸 중 둘째인 연필심을 데리고 부동산 사무실 쪽으로 걸어왔다.

박춘배 사장이 연대희 이장을 발견하고 미소를 지었다.

'이잉! 저 양복이 엊그제 예식장에 입고 왔던 그 양복이구먼. 알마니인가 아랫마을인가 하는 이태리제 명품 양복! 그려~ 확실히 국산 양복하고는 많이 달러. 진짜 뽀다구 나네이!'

실은 박춘배 사장은 자식을 잘 둬서 10억 원이 넘는 논과 과수원을 사들이는 연대희 이장도 부러웠지만 몇 백만 원을 호가한다는 저 이태리제 명품 양복을 입을 수 있는 연대희 이장이 훨씬 부러웠다.

뭐, 열심히 살다가 탁배기 한 잔 찌끄리고 술기운에 로또 복권이라도 한 장 사서 그게 일등으로 당첨되면 몇십 억짜리 땅이나 건물을 살 수도 있다.

하지만, 자식들에게 몇백만 원짜리 양복을 선사받는다는

것은 운이나 노력으로 되는 것이 아니다.

자식들 마음에서 울어나야 되는 거니까!

자식을 얼마나 잘 키웠으면 시골에서 농사짓는 아버지에게 저런 명품 양복을 선물했을까?

멍청한 자식들이 시골에서 농사짓는 부모들은 그저 허름한 잠바때기나 걸치고 물새는 고무신짝이나 끌고 다녀야 되는 줄 안다.

읍내 장이나 예식장이라도 갈라치면 사흘 전부터 몇 벌 되지도 않는 옷가지들을 꺼내놓고 손질을 하고 뒤축이 다 닳은 구두를 열심히 닦아 마루 한 편에 모셔놓는 부모들 심정은 절대 모른다.

"딸이 연예인이면 아버지도 연예인이 되는 거여? 대희 성 양복 죽이네!"

"괜찮은감? 큰애 친구가 슨사해 준 겨."

연대희 이장이 베트남전에서 다친 다리를 절룩이며 박춘배 사장과 인사를 나눴다.

"안녕하셨어요, 춘배 아저씨!"

안경을 쓴 연필심이 공손하게 인사를 했다.

"시방 이게 누구여—? 아하! 장차 판검사가 되실 우리 자랑스러운 딸 연필심이 아닌가벼?"

박춘배 사장이 마치 1.4 후퇴 때 헤어진 딸이라도 만난 것처럼 호들갑을 떨며 연필심의 어깨를 두드렸다.

"사장님들 인사들 허유! 이번이 행정고시 이차 패스허고 사법고시 일차 합격한 고려대학교 법대 3학년인 우리 조산면 천재 아가씨! 여기 연대희 성님 둘째 딸이여."

"아아! 그 소문 자자한 여학생……."

"영광이여. 진짜 총명하게 생겼네!"

박춘배 사장이 자랑스럽게 부동산 사장들에게 연필심을 소개했고 부동산 사장들도 익히 연필심의 소문을 들은 듯 감탄사를 연발했다.

연필심은 박춘배 사장 말처럼 한 달 전에 사법고시 일차를 합격했고 열흘 전에 행정고시 이차 합격증을 받으면서 그 천재성을 유감없이 발휘하기 시작했다.

거기에 언니인 연필신이 TV와 라디오를 섭렵하며 연예인으로서의 명성을 드높이자 고향인 영동군에서는 쌍둥이 자매를 모르면 간첩이 되는 상황이었다.

"자자! 그리 앉어, 필심아. 얼굴이 좋구먼그려! 젊은 사람이 골골하면 못 쓰는겨."

"후… 고마워요, 아저씨!"

"핫핫! 행정고시는 이제 합격혔으니께 사시는 몸 생각하면서 천천히 혀. 나중이 판검사 되면 이 아저씨 잘 좀 봐주구이?"

"후후후! 네."

박춘배 사장이 연필심이 이뻐 죽겠다는 듯 연신 입에 침을 튀겼다.

"어이! 춘배. 우리는 안 뵈는겨?"

"저 사람 오늘 보니게 아주 질이 안 좋은 사람이구먼."

"참말이여! 원제부터 필심이헌티 저렇게 갈롱을 떨었디야?"

언제 들어왔는지 연대희 이장의 친구인 남순호와 김경한, 이웃동네 남황리 천용택 이장 등이 부동산 사무실 한편에 점잖게 앉아 있었다.

"성들도 참 무식허게 갈롱이 뭐여 갈롱이! 이럴 때는 로비라고 하는거여. 로비!"

"로비? 뭔 비료 이름이여?"

"어이쿠! 그만둡시다! 그런디 성들이 뭔 일로 우리 사무실 꺼정 우루루 납시었디야?"

"거 박 사장 인사 한번 일찍 허네. 왜 내일쯤 물어보지그랴?"

"우리 조산면에 갑부 하나가 나타났다고 혀서 부리나케 쫓아온 거여. 시방!"

"이게 뭔 일이랴? 연이장이 원제 돈을 불어서 10억이 넘는 어마어마한 거금을 꼬불치고 있었디야? 난 정신이 하나도 웁서!"

"아따! 성들이 뭘 물러도 한참 물르네. 대희 성이 아직도 옛날 상서리 이장인 줄 아나벼? 대희 성 입고 있는 가다마이하고 구두짝 안 뵈남?"

"그려그려! 저 인사 걸치고 있는 양복하구 구두가 서울 강남의 신사들도 쉽게 입을 수 없는 명풍이라고 하더라고. 우리 아덜이 까무러치더라니께!"

"거참! 대단한 능력이여."

시골에서 살아본 사람들은 잘 알지만 한적한 시골에는 별화제가 없다.

늘 그날이 그날이다.

그래서 이웃집에서 돼지 새끼 한 마리만 낳아도 화제가 된다.

우르르 몰려가 구경을 하고!

한데, 조산면 토박이인 연대희 이장이 명품 양복과 구두를 걸치고 10억 원이 넘는 논과 과수원을 사들인다니…….

영동군 전체가 들썩거리는 것은 당연했다.

"허어! 이 사람들이 근디? 내가 수백 번 말 혔잖여! 이 양복하고 구두는 큰애 친구가 선사해 준 거고 논 살 돈은 큰애가 준 거라고, 큰애가!"

연대희 이장의 입꼬리가 거의 뒤통수에 걸린 채 오늘따라 유난히 느릿느릿 말을 했다.

"자네들 같으면 워쩔겨? 슨사받은 양복을 집구석에서 썩히남?"

"뭔 말이여? 선사한 사람 낯이 있는 디 그럼 뭇 써. 입고 댕기면서 자랑도 허고 그래야 쓰는 거여."

"그려! 천 이장 말대루여! 언감생심 상서리 촌놈인 내가 뭔 재주로 수백만 원짜리 이태리제 명품 양복을 입는디야? 난 돈이 읎서서도 그렇게 뭇허지만 설령 돈이 있어도 죄받아서 그렇게는 뭇혀. 큰딸애 친구가 워낙 유명인사고 그 인사가 큰맘 먹고 슨사해 준 거니께 미친 척하고 입고 댕기는 거여!"

연대회 이장이 입으로는 이태리 명품 양복을 억지로 입는 것처럼 변명했지만 얼굴은 전혀 아니었다.

억지가 아니라 아주 자랑스러워하는 표정이 역력했다.

변명도 자세히 들어보면 순전히 자랑이었다.

큰딸애가 아주 잘나서 유명한 친구를 뒀고 그 친구가 어쩌구저쩌구…….

"워쨌든 부럽구만! 대희 성이 수박 농사는 몰라도 자식 농사는 대한민국에서 몇 째 안 갈 만큼 잘 지었다니게."

"맞어! 필신이가 똑똑하니께 그런 친구도 두는겨."

"허어어 참나! 이 촌에서 자란 애들이 몽땅 일류대학에 들어가더니 이제 아버지헌티 돈을 지게로 져다주네그려."

"저기… 박 사장님!"

"황 사장님이 급한 볼일이 있으시다고 말씀하시네요."

박춘배 사장이 황 사장이나 부동산 사장들은 전혀 개의치 않고 친구들과 계속해서 수다를 떨자 부동산 사장들이 답답한 듯 입을 열었다.

"어이쿠, 죄송허네! 이해허슈. 촌사람들 다 이렇쥬 뭐!"

박춘배 사장이 충청도 사람 특유의 너스레를 떨며 서류들을 집어 들었다.

"대희 성! 계약서인디 잘 읽어 보고 도장 좀 박어. 황 사장님도 읽어 보시구 도장 좀 주시구유."

"엉 그려! 자네가 똑떽이 좀 봐."

"응, 아빠!"

연대희 이장이 박춘배 사장에게 받은 계약서를 지체없이 연필심에게 건네줬다.

연필심이 금테 안경 너머로 초롱초롱한 눈망울을 빛내며 계약서를 살폈다.

연대희 이장은 찬찬히 계약서를 읽어가는 연필심을 지켜보며 왠지 부동산 사무실에 앉아 있는 것이 아니라 구름 위에 앉아 있는 기분이었다.

그리고 자신이 신앙처럼 품고 있던 생각이 맞았음을 다시 한 번 확인했다.

이 나라에서 학벌은 곧 계급장이다!

무조건 많이 배우고 무조건 많이 가르쳐야 한다!

장애인일수록, 여자일수록, 사회적인 약자일수록 더 그렇다!

그것이 대한민국에서 사람답게 살아갈 수 있는 유일한 길이다!

이것이 중학교를 중퇴하고 세상 밑바닥을 경험한 연대회 이장의 신념이었다.

연대회 이장은 지금까지 살아오면서 한 번도 자식들에게 공부 하라고 잔소리하거나 말썽을 부린다고 꾸중을 하고 회초리를 든 적이 없었다.

다른 아버지들처럼 곰살 맞게 대화를 나누고 숙제를 도와준 적도 없었다.

중학교도 중퇴해서 구구단도 헷갈리는 위인이 어떻게 아이들을 가르친단 말인가?

부모님 말을 거역하고 집을 뛰쳐나가 세상 밑바닥을 전전했던 자신이 어떻게 아이들을 꾸중하고 매를 들 수 있단 말인가?

연대회 이장은 자식들에게 입으로 말하지 않고 몸으로 말을 했다.

애들이 아프면 등에 업고 성치 않은 다리를 끌고 읍내까지 삼십 리를 걸어 병원에 데려갔고 비가 오거나 눈이라도 올라치면 경운기를 몰고 학교 앞에서 기다렸다.

연대희 이장은 그렇게 보석을 세공하듯 정성스럽게 자식들을 키웠다.

"워뗘?"

"이상 없어, 아빠. 도장 찍고 계약금 드리면 돼!"

"그려? 자네가 찍어. 애비는 눈이 어두워서 영 안 뵈여."

연대희 이장이 도장과 봉투 하나를 슬며시 연필심에게 건네줬다.

연필심이 봉투에서 수표를 꺼내 세었다.

*   *   *

연대희 이장이 평생에 가장 황당한 날을 꼽으라면 아마 쌍둥이자매가 태어난 날일 것이다.

또 가장 기쁜 날을 꼽으라면 쌍둥이 자매가 고려대학교에 동시에 합격했다는 소식을 들은 날일 것이고!

자신이 늘 갖고 싶어 했던 자식이 그것도 딸 쌍둥이가 엄마 옆에 누워 꼬물꼬물거리면서 하품하는 모습을 봤을 때는 정말…….

하지만 웃음이 삐져나오다 그 웃음은 한숨으로 바뀌었다.

'이 아이들을 어떻게 가르쳐야 하나?

그러던 그 쌍둥이 자매가 성장해서 어느덧 큰아이는 고려대학교 사범대학에 일등으로 합격했고, 작은 아이는 법과대학에 합격했다. 그것도 전교 수석으로!

고려대학교가 어떤 대학인가?

중학교를 중퇴를 한 연대희 이장도 잘 알 만큼 유명한 대학이었다.

영동군 전체에서도 몇 명 들어가지 못한다는 그 명문대학을 자매가 동시에 장학금을 받고 들어갔다.

그날 연대희 이장은 아무도 모르게 뒷동산에 올라가 덩실덩실 춤을 추었다.

다시 세월이 흐른 오늘.

언니는 연대희 이장이 그렇게 갖고 싶어 했던 황부자 집 문전옥답과 과수원을 안겨주어 땅에 대한 한을 풀어줬고 동생은 행정고시에 합격해 못 배운 아빠의 한을 풀어줬다.

연대희 이장은 자신의 겨드랑이 밑에서 날개가 솟아나는 것을 느꼈다.

저녁 무렵에는 하늘을 훨훨 날고 있을 것이다.

잠시 후, 계약을 끝낸 황 사장과 부동산 사장들이 분분히 박춘배 사장 사무실을 빠져나갔다.

"어이구…… . 계약서에 도장 찍는 걸 내 눈으로 확인하고도 못 믿겠네."

"도대체 우리 연 이장은 나라에 뭔 공을 그렇게 세워서 복이 이토록 많디야. 월남 가서 훈장 받은 보상인감?"

"용택이 성도 참? 월남은 내가 더 오래 있었슈!"

"필심이는 먼저 들어가거라. 아무래도 느이 아빠하고 탁배기 한잔해야 쓰겄다!"

"그려! 오늘 같은 날 한잔하지 않으면 순사헌티 달려간다, 달려가!"

"느희 엄마헌테 전혀. 느그 아빠 내일 아침에 들어가실 거라구 말여."

천용택 이장 등이 연신 연대희 이장을 띠우면서 오늘의 마지막 행사!

탁배기 한잔을 하기로 결론을 모았다.

"후, 그러세요! 저 먼저 갈게요."

"잠깐 지둘려봐. 춘배 아저씨헌티 영수증 받아서 가지고 가야 헐 거 아녀?"

"뭔 영수증을 말여, 대회 성?"

"복비 안 받을겨? 월매나 줘야 된디야?"

"아하하하하! 대회 성도 참! 나랑 성 사이에 뭔 복비여? 허허허……."

박춘배 사장이 연대희 이장이 복비 얘기를 꺼내자 민망한 듯 연신 헛웃음을 토했다.

"말혀봐, 이 사람아! 당신도 장사 아녀? 사무실 세는 줘야 헐 거 아닌감!"

"그, 그거야 그렇지만 그 뭐냐? 통상 법정수수료가 정해져 있기는 헌디, 이렇게 큰 건은 나두 츠음이라서……. 거참! 입이 통 안 떨어지는구먼."

"1,000만 원은 드려야 돼, 아빠."

박춘배 사장이 얼굴이 벌개진 채 어쩔 줄 모르자 연필심이 대신 대답했다.

"그런 겨?"

"응! 10억 8,000만 원짜리 물건이니까 법정 수수료가 그쯤 돼."

"어이구구구! 시상에나? 뭐, 뭔 복비가 1,000만 원씩이나 된디야??"

"워, 월라?! 복비가 우리 집값보다 더 나가네이?"

"우덜이 못 올디를 왔나벼! 뻑허면 몇 천, 몇 억 소리여."

천용택 이장을 선두로 연대회 이장 친구들이 복비 얘기를 듣고 입을 쩍쩍 벌렸다.

"성들도 참! 시방 연 판사가 구라치겄어? 성들이 무식허니께 몰라서 그렇지, 원래 그렇게 받는 거여. 물론 우리끼리니께……."

박춘배 사장이 연대히 이장 눈치를 보며 말꼬리를 흐리자 연대희 이장이 이미 준비한 듯 봉투 하나를 내밀었다.

"여그 100만 원짜리 수표 열 장이여! 작은애헌티 영수증 써줘."

"아, 아이구ㅡ! 대희 성두! 일테면 법정수수료가 그렇다는 말이여."

"큰애가 당신 복비 깎지 말고 그대로 주라고 하더라고! 얼릉 받어. 내가 주는 게 아니라 우리 큰애가 주는겨."

"아하하하ㅡ! 시상에 이런 날도 오는구만이! 우리 고품격 개그우먼 연필신이 땜이 모개 돈을 다 만져 보네그려. 내 일단은 받겄슈. 하고 대희 성이 자랑하는 큰딸 연필신이가 나중이 우리 군서 국회의원 나오면 죽기 살기로 운동헐 거여!"

"허허허, 그려! 헛말이라도 고맙네, 춘배."

박춘배 사장은 연대희 이장이 어떤 인사를 해야 제일 좋아하는지 아주 잘 알았다.

연대희 이장은 보통 아빠들처럼 딸 푼수, 딸 바라기였다.

"성들 나가쥬! 오늘 대희 성 땜이 일 년 장사 다 했으니께 내가 시원하게 쏘지유. 읍내 가서 눈탱이, 밤탱이 될 만큼 마셔 보자구유."

"아저씨들 뒤에 오세요. 저 먼저 갈게요!"

"어이구! 그려그려. 우리 연 판사 오널 고생혔다. 내 일간 느희 집에 들리마!"

"네! 춘배 아저씨. 아빠 이따가 택시 타고 와."

"그랴. 싸게 들어가서 쉬여."

연필심이 예쁘게 인사한 뒤 계약서와 영수증이 든 가방을 들고 부동산 사무실을 총총히 빠져나왔다.

＊　　　＊　　　＊

—저 하얀 눈 위에 당신의 발자국은 내 가슴속의 슬픔~ 당신의 숨결이 멈춰진 저 바람 소리는 내 영혼의 흔적…….

쌍둥이 자매 중 삼십분 동생인 골골이 연필심이 채나가 부른 〈블랙엔젤〉의 OST 곡인 〈끝없는 사랑〉을 흥얼거리며 야트막한 야산을 오르고 있었다.

"흐으은… 적! 아닌데? 흐으으은적? 이것도 아니고?"

연필심이 〈끝없는 사랑〉 일 소절의 뒷부분을 반복해서 부르며 고개를 갸우뚱거렸다.

"아휴, 짜증 나! 무슨 노래가 들을 때는 쉬운 것 같은데 막상 불러보면 너무 어려워!"

연필심이 인상을 썼다.

"채나 언니는 어떻게 이렇게 힘든 노래를 그리 쉽게 부르지?"

그때 갑자기 연필심이 얼굴을 붉혔다.

채나를 처음 만났을 때가 생각났기 때문이다.

구로동 집에서 삼십 분 언니 연필신이 채나를 데리고 와서 인사를 시킬 때 심장이 소리없이 내려앉았다.

채나가 연필심이 언니보다 훨씬 지적이고 예쁘다고 말했을 때 왜 그렇게 가슴이 뛰고 얼굴이 붉어지는지 꼭 아주 좋아하는 남자 친구한테 칭찬을 들은 듯했다.

연필심은 그때 처음 알았다.

동성끼리 왜 사랑이 이뤄지고 또 사람의 용모가 얼마나 치명적인 무기인지!

채나가 방송사나 어떤 행사에서 공연을 하면 팬들이 패닉 현상을 일으켜 구급차 신세진다는 말을 연필심은 피부로 느꼈다.

같은 여자가 봐도 가슴이 쾅쾅 뛸 만큼 매력적인 아가씨가 천상의 목소리로 노래까지 부른다면 사람들이 그 자리에서 쓰러지는 것은 당연했다.

그 아가씨가 오늘 또 한 명의 중년 사내를 공황장애로 내몰았다.

연대희 이장이 삼십 분 전에 논과 과수원을 계약한 그 돈이 어디서 났는지 연필심은 정확하게 알고 있었다.

언니인 연필신이 자신에게 상의했고 연필심이 모범 답안

을 제시했다.

아빠가 늘 소원하던 그 논과 과수원을 사드리면 퇴직금을 준 채나도 우리들도 모두 기분이 좋을 거라고!

확실히 모범 답안이었다.

연대희 이장을 비롯한 부녀들은 너무 기분이 좋았으니까!

하지만 채나는 그렇지 않았다.

채나는 이미 연필신에게 퇴직금을 준 사실조차 까맣게 잊어버렸다.

"후우… 여전히 힘드네! 이제 좀 커서 쉬울 줄 알았는데……."

해발 백 미터에서 백오십 미터쯤 될까?

산이라고 부르기에는 조금 낮았고 언덕이라고 부르기에는 너무 높았다.

쌍둥이 자매는 초등학교 내내 이 산을 넘어 학교를 다녔다.

폭우나 폭설이 쏟아질 때를 제외하고는 무조건 이 산을 넘어서 학교를 갔다.

이십 분쯤 더 걸어가면 이산을 돌아서 학교로 가는 사람들이 많이 다니는 길이 있었지만 자매는 꼭 이 길로 다녔다.

골골이 연필심은 산을 오르내리기가 너무 힘이 들어서 돌아가고 싶었지만 언니인 연필신이 이 길을 고집했기에 어쩔 수 없었다.

쌍둥이 자매가 둘 다 공부를 잘하긴 했지만 연필신은 골골이 동생과 달리 철봉이나 달리기, 공차기 등 운동도 잘해서 남자애들도 꼼짝 못하는 왈가닥이었다

심지어 육 학년 때는 전교 어린이 회장까지 맡을 만큼 당찼다.

언니는 몸이 약한 동생 대신 자신의 책가방에 동생의 책과 노트 등을 넣고, 한 손으로는 동생 손을 꼭 잡은 채 이산을 왕복하면서 육 년 동안 짜증 한번 내지 않고 학교를 다녔다.

그때 영향인지 연필심은 지금도 삼십 분 언니인 연필신이 세 살, 다섯 살 위의 큰언니처럼 느껴지곤 했다.

언젠가 연필심이 언니에게 물어봤다.

왜 힘들게 꼭 이 산을 넘어서 학교를 다녔느냐고?

사람들이 쌍둥이라고 신기하게 바라보는 눈빛이 싫어서 그랬다고 했다.

정말 이유 같지 않은 이유였다.

애들다운 이유였고!

어른들과 달리 어린 시절엔 말도 안 되는 것을 가지고 부끄러워하고, 말도 안 되는 것을 가지고 자랑스러워한다.

시골 뒷동산은 도회지의 산들과는 다르게 올라오는 사람이 거의 없다.

옛날에는 그래도 나무꾼이라도 있었지만 지금은 사람을

만나기가 아주 힘들다.

"……."

아무도 없는 그 산 위에서 초등학교 시절 하루에 꼭 두 번씩 언니 손을 잡고 오가던 그 산길에서 연필심이 한참 동안이나 서 있었다.

금방이라도 비가 올 듯 구름이 잔뜩 낀 산 아래는 얼룩빼기 황소가 풀을 뜯고 있지는 않았지만, 그래도 우리가 흔히 볼 수 있는 농촌 풍경이었다.

자그마한 실개천이 흐르고 그 개울 옆으로 시멘트 포장도로가 길게 이어지고, 꽤나 넓은 저수지를 중심으로 초록색 벼들이 넘실거리는 들판이 광활하게 펼쳐져 있었다.

"후우! 저 논들 맞아. 저수지 옆에 있는 저 넓은 들녘! 아빠가 그렇게 갖고 싶어 했던 저 논들……. 아빠 저 저수지 옆을 지나갈 때면 들녘에서 눈을 떼지 못했어."

연필심이 옅은 미소를 띤 채 천천히 산길을 걸어 내려갔다.

얼마나 저 논들을 쳐다봤으면 어린 내가 아빠가 정말 저 논을 갖고 싶어 한다는 것을 눈치챘을까?

커서 돈을 많이 벌어 아빠에게 저 논을 사줘야겠다는 결심까지 했고.

그 아빠의 소원을 필신 언니가 먼저 풀어줬네. 보너스로 과수원까지!

연필심이 조심스럽게 산비탈을 내려와 개울을 건넜다.

조심스럽긴 했지만 아주 익숙한 걸음걸이였다.

"아빠 왜 저 논을 그렇게 갖고 싶어 했을까? 농사짓는 게 힘들지도 않나?"

연필심이 포장도로를 가로질러 천천히 논둑으로 내려갔다.

빵빵!

큰길 저편에서 경적 소리가 요란하게 울렸다.

연필심이 깜짝 놀라 고개를 돌렸다.

"필심아! 논에 들어가서 뭐해?"

"방게 잡냐?"

연필신 자매의 친구들로 초등학교 동창들인 김한성과 서종찬이 오토바이를 타고 다가왔다.

자매는 초등학교는 조산면에서 중학교는 영동읍에서 고등학교는 청주에서 졸업했다.

덕분에 이쪽 영동과 청주 쪽의 같은 또래는 열에 아홉은 친구며 동창들이었다.

그 친구들은 오랫동안 쌍둥이 자매를 봐왔기에 먼발치에서도 누가 언니인지 동생인지 쉽게 구분했다.

"야! 조심해! 그 논에 뱀 엄청 많아."

김한성과 서종찬이 오토바이에서 내리며 소리쳤다.

"익!"

연필신이 화들짝 놀라며 큰길로 올라왔다.

"이, 이 논에 뱀 많아?"

"뻥이지, 임마! 흐흐흐!"

"어후! 깜짝 놀랐잖아, 바보야!"

연필심이 서종찬에게 인상을 쓰며 주먹질을 했다.

"이히히! 세상 여자들이 다 필심이처럼 순진하면 얼마나 좋을까?"

"야야! 필심이는 순진한 게 아니라 미달이야. 약간 부족해."

"이것들이 진짜! 울 아빠한테 이를 거야?"

"큭큭……. 그러니까 넌 미달이야. 나이가 몇인데 아빠한테 이른대?"

"얜 아직도 정신연령이 초딩이라니까!"

"씨이! 니들 자꾸 놀리며 나 화낸다?"

"흐흐흐! 미안 미안!"

"우리가 필심이 너를 많이 사랑하니까 그러는 거야. 화내지 마."

"아주 나빠 니들……."

연필심은 언니인 연필신과 달리 미달이라는 말을 들을 정도로 착해서 지금처럼 친구들이 놀리고 골려도 화낼 줄을 몰랐다.

거기에 공부까지 지독하게 잘하는 전형적인 범생이였다.

"그래! 필심이 니네 아빠가 이쪽 논을 사셨다고 했지?"

서종찬이 이제야 생각난 듯 눈을 동그랗게 뜨고 연필심을 바라봤다.

"오라? 그래서 이 논들을 살펴보고 있었구나. 우리 논 잘 있나 해서!"

"혜에에— 벌써 읍내까지 소문난 거야?"

"아마 청주 대전까지 퍼졌을걸. 지금쯤이면 서울에 도착했겠다!"

"연대회 이장님이 쌍둥이 딸 덕에 부자됐다는 거 읍내 꼬마들도 다 알아."

"후! 우리 고품격 개그우먼 필신 언니 때문이지. 난 아직 돈만 쓰는 백수잖아?"

후두두둑!

그때 큼직한 빗방울이 떨어지기 시작했다.

"어, 소나기다!"

"필신아! 빨리 저기 고씨 할매집으로 튀어."

쏴아아아……!

서종찬과 김한성이 오토바이를 끌고 전봇대 옆에 있는 외딴집으로 들어갔고 연필심이 양손으로 가방을 꼭 안은 채 쫓아갔다.

"응? 고씨 할머니가 안 계신가 보네."

"대전 큰아들 선구 아저씨네 집으로 가신 지 오래됐어."

"그랬구나? 근데 이렇게 집을 비워놔도 돼?"

"뾰족한 방법이 없어."

"오래전에 집을 팔려고 내놨는데 물어보는 사람도 없대. 누가 저수지 옆에 있는 이런 외딴집을 사겠냐?"

"정말! 어릴 때 이 집 옆을 지나가면 괜히 무서웠어."

연필심이 서종찬, 김한성과 함께 허름한 마루에 걸터앉으며 낡은 집을 둘러보았다.

"아참, 필심아! 행정고시 합격한 거 왕창 축하한다."

"너 공부 잘하는 건 알았지만 행정고시까지 수석으로 합격할 줄은 몰랐어. 애들이 난리다, 난리야."

"후우… 운이 좋았지, 뭐. 고마워."

툭툭!

연필심이 환하게 웃으면서 김한성, 서종찬과 가볍게 주먹을 부딪쳤다.

"그럼 이제 면접만 남은 거야?"

"응! 칠월 달에 면접보고 최종 합격자들은 연말에 국가공무원 연수원에 들어간대."

"그럼 완전히 합격한 거네, 뭐!"

"맞아. 수석 합격자를 면접에서 떨어뜨릴 일은 없잖아?"

"연수원 졸업하면? 성적순으로 중앙부처의 사무관으로 발령 나는 거야?"

"아마 그럴걸? 나도 자세한 건 몰라."

"에효— 다 틀렸구나! 너한테 어찌어찌 들이대 볼까 했는데 영동군청 9급 서기보하고는 너무 멀어졌어."

"킥킥! 상서리 농협 말단 주임하고도 거리가 좀 있지."

"헤헤! 니들은 어려워. 난 의사나 간호사하고 연애를 하든지, 결혼을 해야 돼. 알다시피 툭하면 쓰러지는 골골이잖아."

"으흐흐……. 약간 황당하지만 꼭 틀린 말도 아니다."

연필심은 다른 고시생들과 달리 일주일이면 오 일은 공부를 하고 이틀은 무조건 쉬었다.

공부를 하고 싶어도 하지 못했다.

몸이 견디질 못했기 때문이다.

대학 입시를 치른 후 그 후유증으로 몸이 아파서 휴학을 하고 이 년 동안이나 요양했을 정도였으니 골골이라는 별명이 딱 맞았다.

그래서 주말이면 늘 시골집에 내려왔다.

덕분에 언니보다 고향 어른들이나 친구들과 가까울 수밖에 없었고!

우르릉 쾅쾅!

갑자기 천둥 번개가 치면서 빗발이 굵어졌다.

"어이구! 뭔 소나기가 이렇게 요란하대."

"그래 봤자 십 분이면 그친다."

문득, 연필심이 소나기가 내리는 큰길을 물끄러미 쳐다봤다.

"조금만 참어! 읍내 병원이 가서 주사 한 방 맞으면 되여."

"으응! 아빠……."

장대비가 퍼붓는 도로 위를 농립을 쓰고 비옷을 걸친 연대희 이장이 어린 연필심을 업은 채 다리를 절뚝거리며 뛰어갔다.

'그때도 병원에 갔다 오다가 이 집에서 쉬었어. 그땐 고씨 할머니가 계셨었는데…….'

"웬 소나기가 이렇게 드시디야?"

아주 잠깐 동안 연필신의 머릿속으로 어릴 때 생각이 스쳐 지나갈 때 신기하게도 진짜 연대희 이장이 우산을 받쳐 들고 고씨 할머니 집으로 들어섰다.

그 옛날처럼 머리에 농립을 쓰고 허름한 남방을 걸친 채 한 손에는 큼직한 비닐봉투를 들고 있었다.

"어! 아빠?"

"뭐여? 자네가 왜 여기 있는겨?"

연필심과 연대희 이장이 동시에 놀랐다.

"안녕하세요, 아저씨."

"비 많이 맞으셨네유, 이장님."

"월라? 필심이 친구들 아녀?"

"예! 면에 비상연락망 점검하러 가다가 발이 묶였슈."

"그려! 한성이 자넨 군청에 있다고 혔지?"

"발령받은 지 삼 개월 됐슈."

"장허구먼. 도회지로 안 가고 고향으로 온 거 보면 말여!"

"이장님도 참! 얜 어쩔 수 없이 여기로 온 거예요. 공무원 임용 성적이 거의 꼴찌였거든요. 성적 좋은 애들은 청주나 충주로 다 갔어요!"

"이 시키야! 그런 말을 어른들한테까지 나발대면 어떡해?"

"임마! 동네 어른들은 모두 니가 애향심에서 고향으로 내려온 줄 아시잖아? 이런 오해는 일찍일찍 풀어드려야 돼."

"아—! 진짜 인생에 도움이 안 돼. 졸라 짱 나는 새끼야."

"허허허!"

"우후후……."

연대희 이장과 연필심이 웃음을 터뜨렸다.

어느새 소나기가 그치고 맑고 파아란 하늘이 나타났다.

"연 이장님! 우리 먼저 갈게요."

"참 필심아! 너 이따 저녁에 읍내 나와. 애들 모이기로 했거든."

"으응, 나 못 가! 집에 손님 오셔."

"에이! 그래도 와 임마! 애들이 쌍둥이 완전 떴다고 엄청 보고 싶어 해."

"후우… 다음에 전화해. 그때는 꼭 갈게."

"알았어. 나중에 전화할게. 잘가!"

"이장님! 저희 진짜 들어가요."

"그려, 싸게 가!"

부우우웅!

김한성과 서종찬이 탄 오토바이가 빗물을 튕기며 달려갔다.

"어이구! 비올 때뿐이네그려. 또 찌는구먼."

연대희 이장이 농립을 벗어 부채질을 했다.

"그거 뭐야? 아빠"

연필심이 의아한 얼굴로 연대희 이장이 들고 있는 비닐 봉투를 쳐다봤다.

"이잉… 양복하고 구두여. 비 맞으면 베려 버리니께!"

"헤에? 그래서 친구분께 옷 빌려 입고 봉투에 싸들고 오는 거야?"

"비 맞으면 큰일 아녀. 워디 한두 푼짜린감? 오늘도 안 입고 가려고 했는디 자네 엄마가 자꾸 입으라고 혀서 참나? 큰 낭패 볼 뻔했다니께!"

"후우……."

우리 아빠 엄마는 이런 분들이다.

자식들이 사준 양복이 젖을까 봐 구두가 더러워질까 봐 차마 입지도 신지도 못하고 어떻게든 싸서 들고 오시는 그런 분들이다.

지금도 아빠는 친구분들과 약주를 드시러 가셨다가 이 논이 궁금해서 먼저 나왔고, 빗방울이 떨어지자 친구 집에 들러 옷을 빌려 입고 이쪽으로 오신 것이다.

"그 가방 이리 줘!"

"응!"

연대회 이장이 연필심의 가방을 받아 들고 빗물이 고인 길을 절룩거리며 걸어갔다.

연대회 이장네 식구들은 연필심에게 어떤 물건도 못 들게 했다.

행여 골골이 연필심이 힘에 부쳐 아프기라도 할까 봐.

그것이 버릇이 되어 연필심도 참외 하나라도 식구들에게 맡겼다.

"아, 아녀! 잠깐 지둘려 봐. 예까지 왔는디 우리 논을 좀 살펴보고 가야 쓰겠구먼."

"그래, 아빠!"

연대희 이장과 연필심이 다시 발길을 돌려 비가 그친 논 둑 길로 내려갔다.

"저어기 황새들 앉아 있는 논 뵈여?"

"응, 아빠!"

연대희 이장이 한 손을 들어서 멀리 보이는 논을 가리켰다.

"오늘 자네가 도장 찍은 땅이 저 논부터 우리가 서 있는 여그 논까지여."

"와아—! 저기서 돌아서면 바로 우리 초등학교가 있는 데…… 엄청 넓네!"

"허헛헛! 뭔 소리여, 이 사람아. 논이 자그만치 백열 마지기여. 이만이천 평이 넘어."

연대희 이장이 흐뭇한 미소를 띤 채 하염없이 논들을 쳐다봤다.

"애비는 이제 당장 죽어도 여한이 읎어! 언니가 이 애비가 소원했던 이 논들을 사줬고 자네가 그 어렵다는 행정고시를 수석으로 합격했으니께 말여. 춘배 아저씨 말처럼 우리나라를 몇 번 뒤집어 봐도 나처럼 행복한 사람도 별루 없을겨. 허허……"

"아빠 농사가 힘들지 않아? 왜 그렇게 이 논들을 갖고 싶어 했어?"

"…이게 원래 우리 집 논이였디야!"

"……!"

"어머니가… 그러니께 자네한테는 할머니지! 자네 할머니가 내 손을 잡고 저그 고씨 할매 집 옆을 지나가면서 말씸허셨어. 느의 할아버지가 저 논들을 팔지만 않았어도 우리 대회도 부잣집 도련님 소리를 들었을 텐디 이렇게 말여. 이 애비는 지금도 그때 느의 할머니 한숨 소리가 귀에 쟁쟁허여."

"그럼 아빠 할아버지, 우리 증조할아버지께서 집안 대대로 내려오던 저 논들을 판 거야?

"그랬디야! 애비두 자세헌 건 물르는디 니 증조부께서 도에서도 알아주는 한량이셨디야. 그 양반이 노름허다가 이 논들을 날렸다고 허시더구먼그려."

"그래서 아빠가 늘 이 논들을 안타깝게 쳐다봤구나……?"

"옛날이 이 논들이 우리 집에 있었으면 느덜이 그렇게 고생하진 않았을 거 아녀."

"아빠? 우리가 무슨 고생을 해? 아빠 엄마가 힘들었지 날마다 일만 하구."

"워쨌든 인저 고생은 다 한 거 같어. 뭐 앞으로도 농사를 지으면 몸이야 좀 고단허겠지만 맴이 좋으니께 힘들 줄 모를 거여! 어제도 춘배 아저씨랑 이 논을 둘러보는디 서너 시간을 걸어도 심든 줄 물렀어. 허허헛헛!"

"헤에… 난 힘들어, 아빠! 그만 집에 가자."

"그려 그려, 어여 가!"

연대희 이장이 미소를 띤 채 다시 한 번 논들을 둘러본 후 큰길로 올라왔다.

연필심이 연대희 이장의 팔짱을 꼈다.

"저어기 말여!"

"왜 아빠?"

"자네 사법고시를 꼭 해야 쓰것남?"

"시작했으니까 끝을 내야지 뭐."

"이 애빈 자네가 행정고시도 합격했으께 쉬엄쉬엄 핵교나 댕기면서 몸 좀 추슬렀다가 워디 발령받아 가면 좋것는디 말여. 꼭 판검사가 다는 아니잖여? 행정고시도 못 붙어서 안달인 사람이 천지라고 허던디!"

"아빠 맘 알아. 근데 난 사람들에게 꼭 가르쳐 주고 싶어. 서울법대 출신이 아니더라도 고시 삼관왕이 될 수 있고 수석으로 합격할 수 있다는 사실을 말야."

"……!"

연대희 이장 눈이 커졌다.

평소 연필심은 지금처럼 자신의 의견을 명확히 밝히는 사람이 아니었다.

한데, 사법고시 얘기가 나오자마자 마치 기다리고 있었던 것처럼 대답을 했다.

그것은 지능지수 160이 넘는 수재, 순둥이 연필심이 세상 누구에게도 밝히지 않은 자존심이었다.

연필심은 대한민국에서 으뜸이라는 서울대 법대에 충분히 합격할 수 있는 실력임에도 불구하고 고려대 법대에 들어갔다.

장학금 때문이었다.

딸 둘이 한꺼번에 대학에 들어가면 시골에서 농사를 짓는 연대회 이장이 무슨 수로 등록금을 댈까?

해서 졸업할 때까지 장학금을 주겠다는 고려대에 입학했던 것이다.

어릴 때부터 꿈꿔왔던 그 대학교, 서울 법대에 입학하지 못했다는 것!

연필심의 가슴에 지워지지 않는 화인처럼 깊이 새겨져 있었다.

연필심은 그 화인을 국가에서 인정하는 시험을 통해 하나하고 반을 지웠다.

"걱정하지 마, 아빠! 이젠 몸도 많이 좋아졌어. 고시 공부하는 요령도 터득했구."

"이잉, 그려! 자네 생각이 그렇다면 혀봐. 자네가 삼관왕이 되면 내 자네를 업고 읍내를 한 바퀴 돌 테니께. 아녀— 청주나 대전 시내를 두어 바퀴 돌껴!"

"진짜?"

"이 사람아! 원제 이 애비가 뻥치담?"

"해해! 좋아 아빠."

연필심이 귀엽게 웃으며 연대회 이장의 어깨에 매달렸다.

연대회 이장에게 자식 셋 중에 누가 제일 예쁘냐고 물어 보면 아마 잠깐 고민하다가 둘째라고 대답할 것이다.

그 이유는 연필심이 특별히 말을 잘 듣는다거나 공부를 잘해서가 아니었다.

커뮤니케이션!

병치레가 잦았던 연필심은 어릴 때부터 연대회 이장이 한의원으로 병원으로 데리고 다니며 업어 키우다시피 했다.

그래서 그런지 유난히 아빠를 잘 따랐다.

자식들 중에서 가장 잘 통했고 가장 많은 대화를 나눴다.

바로 지금처럼 스스럼없이 아빠인 연대회 이장의 팔장을 끼거나 손을 잡고 조산장에도 부동산 사무실에도 영동 읍내도 쫓아다녔다.

이젠 어느새 커서 아빠의 고문 변호사가 됐고!

"근디, 손님이 온다니 누가 온다는겨?"

연대회 이장이 아까부터 궁금했던 것을 물어봤다.

"후! 누군 누구야 언니지?"

"뭐여? 큰애가 온디야?!"

연대희 이장이 화들짝 놀랐다.

연필신은 동생인 연필심과 또 다른 각의 연대희 이장의 의지처였다.

누가 뭐래도 집안의 장녀였으니까!

게다가 요즘은 연필신이 워낙 바빠서 연대희 이장도 벌써 한 달이나 얼굴을 보지 못했다.

논과 과수원을 사라고 돈을 부쳤을 때도 그저 전화로만 만났다.

연대희 이장의 한을 풀어준 큰딸!

보고 싶을 수밖에 없었다.

"대전 엑스포 축제에 갔거든! 집에 와서 자고 내일 나랑 같이 올라가기로 했어."

"허어 참! 그 얘기를 왜 시방하는거? 엄마는 아남?"

"일부러 얘기 안 했어. 언니 온다고 하면 아빠 엄마 아침부터 또 바쁘잖아?"

"아니, 그래도 그렇지, 이 사람아! 요새는 언니 보는 게 보통 힘든 게 아니잖여?"

"아무튼 언니든 나든 아빠 딸이잖아? 손님이 아냐. 자식들 때문에 바쁜 건 이제 그만해도 돼."

"험험, 자네 말뜻은 알겠는디 일단 엄마한티 전화 좀 넣어봐."

"이십 분만 가면 집에 도착해 아빠. 집에 가서 말해도 충분해."

"그, 그려! 그럼 그렇게 허자구. 근디⋯⋯."

또 우리 아빠는 이런 분이다.

딸들이 커서 대학에 들어가자 우리에게나 친구들에게나 반 공대를 하셨다.

자네가 이 사람아 저 사람아 등등⋯ 성인 대우를 해주셨다.

언제부턴지 우리가 서울에서 내려오면 아빠 엄마는 하던 일을 멈추셨다.

닭을 잡고, 염소를 잡고, 수박을 따고, 하루 종일 우리들 시중을 들고 하루 종일 먹였다.

우리가 해야 할 일을 거꾸로 부모님이 하셨다.

난 그런 것이 싫다.

"거, 거시기 그러믄⋯ 언니 혼자 온 디야?"

연대회 이장이 연필심의 눈치를 보며 조심스럽게 입을 열었다.

사실은 연대회 이장은 이점이 제일 궁금했다.

"아후! 혼자 올 리가 있어? 아빠 친구하고 같이 오지!"

"기, 기, 김 회장두 오는겨??"

"채나 언니가 모처럼 내일 스케줄이 빈대."

"어이구—! 필통이헌티 전화혀서 닭 좀 열 마리쯤 잡아놓으라고 혀! 염소도 잡고! 아, 아녀! 내가 직접 가서 잡으야지. 김회장 그 사람이 은근히 입이 까탈스럽다구. 근디 내 전화기가 워디 있디야?"

"후후후, 아빠 손에 든 건 뭐야?"

연대희 이장은 아까 맺은 부동산 계약이 취소라도 된 듯 허둥지둥댔다.

얼마나 당황했는지 손에 들고 있는 휴대폰조차 찾지 못했다.

"어허허 참! 거 사람 장난인 줄 알았더니 진짜 손님이 오는구면."

게다가 우리 부모님은 우리 자매처럼 채나교 광신도다.

보다시피 우리 아빠는 채나 언니 말만 나와도 이성을 잃는다.

손에 든 전화기조차 잊어버릴 정도로!

물론 채나교주가 그렇게 홀려 놨다.

4장

동구 밖 과수원 길

반짝이는 형광등 불빛 밑에서 티타늄 몸체에 백금 옷을 걸치고 사파이어와 루비, 다이아몬드로 치장한 마이크 스탠드가 휘황찬란한 광채를 뿜내고 있었다.

약간 수상한 것은 시가 10억 원을 웃돈다는 이 마이크 스탠드 위에 마이크 대신 채나의 빨강색 점퍼가 걸쳐 있다는 점이었다.

왠지 이 명품 마이크 스탠드가 주인을 잘못 만난 것 같은 예감이 들었다.

타타탁!

연필신이 10억짜리 옷걸이 옆에서 책상다리를 한 채 교자
상 위에 놓여 있는 노트북 컴퓨터의 키보드를 두드렸다.

"이것도 그냥 익명이네? 십만 원짜리 수표 석장 30만 원!"

쌍둥이 동생 연필심이 봉투에서 수표를 꺼내며 말했다.

"무명 씨 30만 원. 다음 불러봐!"

타탁탁!

언니 연필신이 다시 키보드를 빠르게 두드렸다.

"윽—! 이건 백만 원짜리 수표야! 이러다가 채나 언니 돈에
깔려 죽겠다?"

연필심이 이번에는 하얀 봉투에서 백만 원짜리 수표를 꺼
냈다.

"이히히! 벌써 일곱 번 깔려 죽고 여덟 번 부활했어. 이름
은?"

연필신이 웃으면서 백만 원짜리 수표를 보낸 주인공을 물
어봤다.

교주님이 부르시는 노래를 듣고 내가 그토록 오랫동안 앓아오던 울
화병이 거짓말처럼 사라졌습니다.

성심을 다해 존경합니다.

얼마 되지 않지만 가실 때 여비에 보태시길 바랍니다.

저는 군산에서 살고 있는 채나교도입니다.

"…라고 쓰여 있네?"

"군산에서 사는 채나교도 백만 원!"

연필신이 다시 노트북에 기록했다.

"사방 뭐하는 거여?"

이때, 연대희 이장이 거실 입구에 서서 입을 딱 벌린 채 연필신에게 물었다.

연대희 이장이 놀랄 만도 했다.

넓은 거실에는 하얀 봉투들이 어지럽게 널려 있었고 화환과 인형, 조각상 등 기념품들이 꽉 차 있었기 때문이다.

"히히! 채나가 아까 대전에서 공연할 때 팬들이 준 선물들이야. 퇴직금도 왕창 받았는데 오늘까지는 내가 정리해 줘야지."

"그, 그런디 둘째 앞에 있는 거 다 돈 아녀? 요샌 팬들은 선물을 돈으로 허나베?"

연대희 이장이 연필심 앞에 가득 쌓인 만 원짜리와 수표들을 쳐다보며 말했다.

"채나 언니 팬들 진짜 돈 많은가 봐, 아빠! 벌써 현금만 1억 원이 넘었어."

"커억ㅡ! 1억?!"

연대희 이장이 자신도 모르게 억 소리를 비명처럼 토했다.

억 소리가 나올 만도 했다.

채나가 대전 엑스포 행사에서 공연을 할 때 채나교도들이 보낸 선물들을 쌍둥이 자매가 중간 결산한 결과, 현찰만 1억이 넘었다.

이 정도면 선물이 아니라 요즘 유행하는 조공이란 말이 딱 맞았다.

조공이란 종속국이 종주국에게 바치는 공물을 일컫는 말이 아니던가!

채나는 이 돈을 단 한 푼도 쓰지 않고 똑같은 사람 이름으로 사회복지재단에 기부를 했다.

그래서 지금 연필신이 열심히 컴퓨터에 기록을 했고!

"돈이 문제가 아냐, 아빠! 이 편지. 봐봐! 정말 기기 막힌 거 있지?"

연필심이 신기한 듯 깨알 같은 글씨가 쓰인 편지를 들고 읽기 시작했다.

앙모하오는 채나교주님!

소생은 폐암 말기로써 의사가 육 개월을 넘기지 못한다는 진단을 내렸사옵니다.

병실에서 하루하루 죽음의 사자를 맞이하던 어느 날!

텔레비로 교주님의 용안을 뵙고 옥음을 듣는 순간 소생의 가슴이 쾅

뚫리는 느낌을 받았나이다.

그날 소생은 필설로 설명할 수 없는 느낌이 들어 병원생활을 치우고 낙향하여 먹고 자고 교주님께서 부르시는 욱음을 벗 삼아 살아왔습니다.

한데 이게 어찌 된 심판이옵니까? 교주님!

삼 개월이 지난 엊그제 왠지 몸이 가벼워 병원에 가서 사진을 찍어봤습니다.

그런데 폐 속에 주먹만 하게 자리 잡고 있던 암 덩어리들이 콩알처럼 작아져 있는 게 아니겠습니까?

의사 선생조차 놀란 표정으로 이 정도면 암이 완치된 것으로 봐도 된다고 말했사옵니다.

소생은 지난 삼 개월 동안 병원에서 받아온 항암제라는 약조차 한 봉지도 먹지 않았사옵니다.

그저 교주님의 욱음을 듣고 먹고 걷고 자고 그렇게 세월을 보냈습니다.

한데, 한데! 이런 기적이 일어나다니ㅡ! 정녕 교주님은 어떤 분이시옵니까?

교주님께서 대전에 오신다는 소식을 듣고 너무 기뻐 한달음에 달려오느라 몇 푼 가져 오지 못했나이다.

약소하다 탓하지 마시고 지인들과 성찬을 나누실 때 보태 쓰시옵소서.

이제 이 늙은이 칠순이 넘었사옵니다.

부디 어여삐 여기사 꼭 한번 전화를 주시옵소서.

용안을 친견하고 오찬이라도 같이할 수 있다면 당장 죽어도 여한이 없겠나이다.

—대전시 구 아무개 배.

"시, 시상에?! 이 양반이 뭔 소리를 허는겨? 시방! 김 회장을 신으로 아남?"

"이히히히! 그렇다니까. 채나한테 얼마를 주고 간 줄 알아?"

"2,342만 5천 원이야. 엄청 부자 할아버지 같은데, 지갑을 통째로 채나 언니한테 맡기고 갔어."

연대회 이장이 못 들을 얘기를 들었다는 듯 머리를 흔들며 물었고 쌍둥이 자매가 어이없는 표정으로 대답했다.

"어이구! 이거 우리 김 회장 잘못하면 사기꾼으로 몰리는 거 아녀?"

"히히! 완전 돌팔이는 아닌가 봐? 채나한테 보내는 팬레터 중에 채나가 부르는 노래를 듣고 병이 치유됐다는 사람이 의외로 많아."

"신문사나 방송사로도 그런 투고가 꽤 많이 온대!"

"그려? 하기사 김 회장 노래를 들으면 이 애비도 왠지 가슴이 뻥 뚫리는 느낌이 와."

"울 아빠 큰일났네. 내일 모레 우리 집문서 채나한테 가서 찾아와야겠다."

정말 해괴한 현상이 벌어지고 있었다.

〈블랙엔젤〉제작 발표회에서 DBS의 이수진 기자가 잠깐 언급했든 어느 날부턴가 채나의 노래를 듣고 병이 치료됐다는 소문이 대중 사이에서 들불처럼 번지고 있었다.

실제로 과수원이나 농장에서 음악을 틀어주면 작물들이 아주 건강하게 자라고 동물들도 발육 속도가 빠르고 잔병치레를 덜한다는 것이 과학적으로 증명됐다.

사실, 채나 노래를 듣고 암이 완치됐느니 난치병이 치료됐느니 하면서 난리를 피우는 것은 또 다른 종류의 플라시보 효과였다.

플라시보 효과란 밀가루로 약을 만들어 복용시켜도 그 약을 먹으면 병이 낫는다는 확실한 믿음이 있으면 실제 치료 효과가 있다는 의학 용어였다.

병을 치료할 때 정신적인 면이 얼마나 중요한지 보여주는 대표적인 사례였다.

수많은 팬이 하나같이 말하길 채나의 노래를 듣는 순간 가슴이 뻥 뚫리면서 온몸에 전율이 일고 어떤 카타르시스까지 느낀다고 했다.

"근디 김 회장은 워디 갔어? 워디서 암치료 하는겨?"

"히히히! 저기 부엌에서 염생이 먹고 있잖아."

염생이는 충청도와 전라도 쪽에서 염소를 부르는 사투리다.

"허어어어! 또 먹는겨?"

"후우! 또 먹는 게 아니라 아까부터 계속 먹고 있는 거야. 아빠!"

"어이구! 도대체 이 사람은 뭔 저녁을 밤새 먹는디야?"

"이히히히!"

연대희 이장이 거실을 가로질러 급히 주방 쪽으로 다가가며 너스레를 떨었다.

채나 언니가 우리 집에 놀러오면서 달라진 점이었다.

예전의 우리 아빠는 아주 자애롭긴 했지만 좀처럼 농담을 하거나 불필요한 말을 하지 않았다.

채나 언니한테는 예외였다.

어느 때는 소꿉친구처럼 토닥토닥 싸우기까지 했다.

"아니, 원제까지 먹을겨? 장기 한판 안 뛰남?"

쩝쩝.

채나가 큼직한 솥단지가 놓인 식탁 앞에 앉아 한 손에 흑염소 다리를 든 채 열심히 뜯어 먹고 있었다.

"왜 대답이 없는겨. 장기 한판 두자니께?"

"난 뭐 먹을 때 말시키는 사람이 세상에서 제일 싫어!"

연대희 이장이 채근하자 채나가 코를 실룩거리며 퉁명스

럽게 대답했다.

"오호호호! 그려, 장기는 무슨 장기여. 염생이 괴기 많이 남았으니께 마저 먹어."

쌍둥이 자매의 엄마, 주근깨가 송송 나 있어 딱 삼십 년 후의 연필신처럼 생긴 김천금 여사가 물김치를 한 대접 퍼서 채나 앞에 놓았다.

"으! 확실히 김천금 여사 솜씨는 대단해. 어떻게 담기에 오이 물김치가 이렇게 맛있는 거야?"

"진짜 그렇게 맛있남?"

"응! 내가 전국에서 유명하다는 한식집 여기저기 다 가봤는데 이렇게 깔끔하면서 감칠맛 나는 물김치는 처음 먹어봤어. 당장 김천금 여사를 방송에 출연시켜야 돼."

"울 예쁜이는 워쩜 이렇게 말을 잘 헌디야. 원래 세계적인 스타는 말두 잘허나베! 아주 이뻐 죽겄어. 오호호호!"

오호호호─

쌍둥이 자매가 김천금 여사 웃음소리가 거실을 진동하자 어이없다는 듯 마주봤다.

울 엄마 아주 죽는다 죽어!

후후! 달리 교주겠어.

"아니, 오이김치만 맛있고 내가 삶은 염생이는 맛이 없는 겨?"

"바보야! 맛이 없으면 어떻게 몇 시간을 먹겠어. 난 지금 연구 중이야. 어떻게 염생이를 요리하면 이렇게 쫄깃쫄깃할까? 이건 고기가 아니라 거의 칡즙에 단호박 삶아놓은 맛이 나거든!"

다시 쌍둥이 자매가 마주봤다.

"염생이 고기가 아니라 칡즙에 단호박을 삶아놓은 거 같대."

"칡즙에 단호박을 삶으면 어떤 맛이 나는 거야, 언니?"

"히히! 그걸 내가 어떻게 알아. 먹어 보질 못했는데!"

연대희 이장은 멋쩍은 미소를 지으며 자신의 볼을 슬금슬금 긁으며 쑥스러워했다.

"허허허! 그려? 몇십 년을 염생이를 잡다 보니께 나름 노하우가 생기더라구."

"내가 고기를 약간 좋아하잖아, 연 이장?"

"이 그려, 약간은 아니고 많이지. 말을 똑바로 해야제, 이 사람아!"

"아씨! 자꾸 토달 거야?"

"허허허, 미안허여. 근디 괴길 아주 많이 좋아하는 건 사실이잖여."

"특히 이 염생이는 잘못 요리하면 특유의 누린내 때문에 입맛을 버리거든. 해서 잡을 때도 조심해서 잡아야 돼. 근데

연 이장이 요리한 염생이는 누린내커녕 아주 구수한 냄새가
나."

"그게 말여, 김 회장."

"이것도 좀 먹어봐. 아까 우리 예쁜이 온다구 혀서 무쳐놓
고서 잊어버리고 못 줬네."

"이게 뭐야?"

"서울 사람들은 고들빼긴가 뭐라고 허든디 우덜은 씀바귀
라고 혀. 쌉쓰름혀서 괴기하고 먹으면 별미여."

"헤에에, 그래! 염생이를 살짝 싸 먹어볼까?"

채나가 아주 행복한 표정으로 씀바귀 무침을 집어 들었다.

"……!"

그때 연 이장 눈이 커졌다.

"필신이 엄마! 당신 그 모가지허구 팔목에 찬 게 뭐여? 월
라! 반지도 꼈네!"

김천금 여사가 한눈에 봐도 아주 세공이 잘돼 있어서 유난
히 고급스러워 보이는 황금 팔찌와 반지, 그리고 목걸이를 차
고 있었다.

상서리 같은 촌에서는 좀처럼 구경할 수 없는 패물들이었
다.

"오호호호! 이제 보셨나베. 뵈는 대루유! 금팔찌 금목걸이,
금반지 아닌감유?"

"크, 큰애가 사다준 거여?"

"당신두 참! 저년이 원제 에미헌티 뭐 슨사허는 거 봤슈? 아주 옛날이 그 촌스런 빨간 내복 한 벌 사주구선 땡 아뉴!"

"아호— 엄마! 목소리 좀 줄여! 엄마가 내 흉보는 거 상서리 사람들 다 듣겠다."

"에미가 읎는 소리 헌거? 너두 예쁜이처럼 이렇게 멋진 것 좀 슨사혀 봐!"

"히히! 난 사주고 싶어도 그 골든 체인 세트 같은 건 돈 없어서 못 사줘. 그게 얼마짜린 줄 알아 엄마?"

"이, 이게 그렇게 비싼겨?"

"가격을 말해주면 울 엄마 또 꽁꽁 장롱 속에 숨겨놓을 테니까 힌트만 줄게. 오늘

아빠가 계약한 논 오십 마지기 값쯤 돼!"

"뭐, 뭐, 뭐여? 시방 그게 증말이여?"

"아이고고메? 시상이? 사람 턱 빠지겠네. 그렇게 비싼겨?"

"응! 채나가 세계적인 주얼리 메이커인 프랑스 메르씨사와 모델 계약을 하면서 증정품으로 받은 거야. 시키가 내가 그렇게 꾀어내도 안 주더니 우리 김천금 여사님한테 줄 줄이야. 쯔읍!"

"허유유유! 논 오십 마지기 값이랴? 이걸 워쩐디야? 이건 또 왜 이렇게 언능 빠지질 안 능겨?"

"신경 쓰지 마, 김천금 여사! 예식장이고 모임이구 어디 외출할 때 막 하고 가. 명색이 연예인 엄만데 후줄근하면 안 되지."

"예쁜이 말을 알겠는디 워디 겁나서 차겄남! 워떻게 내 몸이다 논 오십 마지기를 두루고 다닌디야……."

"걱정하지 말라니까! 잊어버리면 내가 또 얻어줄게. 게다가 김천금 여사가 기본 미모가 훌륭해서 악세리가 엄청 잘 어울린다구."

"오호호, 그건 그려! 예쁜이 말대로 내가 시집오기 전만 혀도 동리서 한 미모 했어."

한 미모??

아후, 우리가 누구 때문에 이렇게 키만 뻘쭘하게 크고 매력 없게 생겼는데?

채나 언니의 저 아부 신공은 노래 솜씨보다 확실히 한수 위야.

쌍둥이 자매가 채나의 아부 신공을 타박했다.

"오호호! 필신 아버지, 워떻게 당신 마누라 괜찮아 보여유?"

김천금 여사가 코믹하게 어깨를 흔들며 애교를 떨었다.

"이, 아주 잘 어울리네. 그런디 내 건 뭐 웁서? 섭섭허네, 김 회장!"

연대희 이장이 아주 나직하게 물어봤다.

"그류— 아무것두 웂슈, 연대희 이장님!"

채나가 충청도 사투리를 쓰며 입을 삐쭉 내밀었다.

"이히히히! 후후후!"

쌍둥이 자매가 뒤집어졌다.

"야, 연필신 연필심! 니네 아빠 왜 이러냐? 아주 노골적으로 뇌물을 달래!"

"히히히! 우리 아빠는 안 그래."

"후후! 채나 언니 친구니까 그런 거야."

"어이구, 필신 아버지도 민망하게 원! 안방이 들어가 봐유. 경대 위에 있슈!"

정말 세계적인 육상선수 칼 루이스가 따로 없었다.

연대희 이장이 초음속으로 안방을 향해 날아갔다.

동시에 비명인지 환호인지 가늠하기 힘든 음성이 터져 나왔다.

"뭐, 뭐여? 내 것도 목걸이하고 팔찌여? 이건 반지구만……."

"히히! 그건 커플 주얼리야. 아빠!"

연대희 이장이 그 짧은 시간에 언제 걸쳤는지 목걸이 등을 하고 거실로 뛰쳐나왔다.

"워뗘?"

"이히히! 완전 멋있어. 홍콩 영화배우 뺨쳐!"

"정말 십 년은 젊어 보인다. 아빠!"

짝짝! 휙휘휙!

쌍둥이 자매가 휘파람까지 불며 환호를 했다.

"엄마! 채나야! 이쪽으로 와 봐봐! 기념사진 하나 박자."

연필신이 활짝 웃으며 큼직한 디카를 들고 일어섰다.

채나는 오래전부터 연대희 이장 부부의 셋째 딸이 돼 있었다.

＊　　　＊　　　＊

통통통!

농촌의 싱그러운 새벽 공기를 가르며 연대희 이장이 경운기를 몰고 키작은 무궁화 꽃이 활짝 피어 있는 울타리 옆의 자갈길을 지나갔다.

2백 평짜리 비닐하우스 열 개 동에 재배한 넓은 수박밭의 전경이 보였다.

숙성된 수박이 나오기에는 약간 이른 철이었지만 연대희 이장네 수박은 벌써 잘 익어서 쩍쩍 소리가 났다.

연대희 이장은 학력은 비록 중 중퇴였지만 두뇌는 그와는 거리가 멀었다.

사회 막장을 헤매다 마음을 다잡고 조산면 상서리로 들어왔을 때 일찌감치 간파를 했다.

평범한 논밭 농사로는 승부가 안 된다.

그때부터 연대희 이장은 딱 세 가지 종목에 승부를 걸었다.

뒷산에 흑염소와 토종닭을 방목했고 비닐하우스를 지어 수박을 재배했다.

그것이 밑천이 되어 농촌 총각 연대희를 새마을 지도자와 상서리 이장으로 만들었고, 나름 동네 유지 노릇까지 하면서 살아올 수 있었다.

또 자식 셋을 대학까지 가르칠 수 있었고!

지금은 열 아들 안 부러운 큰딸 덕에 부농이 됐지만 말이다.

천혜의 영동! 완전 무공해 일급 하우스 수박!
당도 보장! 달지 않으면 돈 안 받음!
제일 큰 놈 2만 원! 중간 놈 만 원! 작은 놈 칠천 원!

꽤나 성의 없이 휘갈겨 쓴 입간판 앞에서 연대희 이장이 경운기를 세웠다.

자동차들이 천천히 달려가는 아주 잘 포장된 왕복 사차선 도로 옆에 샌드위치 패널로 깔끔하게 지어놓은 이 층짜리 가

건물이 보이는 곳이었다.

그 샌드위치 패널 건물은 연대희 이장네가 수박 장사를 하는 가게 겸 수박 밭을 지키는 최신식 원두막이었다.

가을과 겨울에는 창고로 사용했고!

"뭐하러 벌써들 나왔디아? 피곤할 텐디……."

"응, 아빠……."

연대희 이장이 경운기에서 내리며 말을 붙였고 연필신이 의자에 앉아 졸다가 눈을 부스스 떴다.

"워째 수박이 하나도 안 뵈여?"

가건물 앞에 텅 빈 채 놓여 있는 5미터 길이쯤 되는 좌판을 둘러보며 연대희 이장이 말했다.

"히이! 채나가 다 팔았어."

"뭐, 뭐시여? 여기 백 통이 넘게 있었는디 그놈들을 이 새벽나절에 다 팔았단 말여?"

연필신의 대답에 연대희 이장이 화들짝 놀랐다.

연대희 이장은 이렇게 영민한 사람이었다.

수박을 절대 중간 상인에게 넘기거나 위탁 판매를 하지 않았다.

문경새재로 통하는 길가에 인접한 밭에 비닐하우스와 초현대식 원두막을 지어놓고, 수박을 재배하면서 좌판 위에 수박을 내놓고 관광객들을 상대로 직접 장사를 했다.

당연히 수입이 높을 수밖에 없었고!

"연휴라서 그런지 차들이 많이 지나가면서 손님들이 엄청 왔어. 결정적으로 채나가 수박값을 올린 게 주효한 것 같아. 히히히!"

"수박값을 올려?"

연대희 이장이 눈이 커진 채 입간판을 쳐다봤다.

"허이구! 수박값을 모조리 따불로 올려 버렸네이?"

"채나가 수박을 맛보더니 저 정도는 받아야 되겠대. 너무 달고 맛있다구! 근데 신기한 건 값을 올리자마자 정신없이 팔리는 거 있지, 아빠!"

"그, 그, 그려? 거참 김 회장이 장사에도 소질이 있나베?"

2002년도에 수박 큰 놈 한 통에 2만 원은 꽤나 비싼 가격이었다.

물론 중북부 지방에서 첫 출하된 수박이고 연대희 이장 부부가 그동안 흘린 땀에 비하면 조금은 싼 가격이었다.

또 열심히 돈을 쓰러 가는 관광객들에도 싼 가격이었다.

채나는 본능적으로 적정한 수박값을 산출했고 성질대로 지체없이 수박값을 인상시켰다.

때마침 손님들이 몰려왔고!

한데 지금 연대희 이장이 농담처럼 지나가듯 한 말.

채나가 장사에 소질이 있다는 말은 진실이었다.

사실, 채나의 타고난 가장 큰 소질은 노래나 사격이나 연기 같은 것이 아니었다.

채나는 선천적으로 이재에 밝은 장사꾼이었고 투자에 능한 사업가였다.

그 투자에 능한 사업가로서의 기질은 잠시 후에 밝혀진다.

"근디 김 회장은 왜 안 보여?

"히히히! 저기 밭에서 열심히 일하잖아?"

"어이쿠!"

연대회 이장이 채나를 찾다가 비닐하우스로 된 넓은 수박밭을 바라보며 비명을 터뜨렸다.

왈왈!

채나가 수박 하우스를 지키는 진돗개 두 마리를 앞세운 채 수박이 잔뜩 쌓여 있는 바지게를 지고 비닐하우스 사이를 사뿐사뿐 걸어오고 있었다.

바지게는 보통 지게에 싸릿대나 대나무로 된 조개 모양의 발채를 얹어 짐을 싣기 편하게 만든 지게를 말한다.

"아, 아니 작은 수박만 한 아가씨가 워찌 힘이 저리 좋디야?"

"히히히, 쟨 무늬만 아가씨야! 속은 어떤 남자도 당할 수 없는 천하장사라구!"

"참말여! 평생 지게질 한 애비두 수박 열 뎅이만 지면 후둘

거리는디 김 회장은 대체 몇 뎅이를 지고 나오는겨? 한 오십 뎅이 되나베!"

지게질을 해본 사람은 알지만 지게에 짐을 잔뜩 싣고 균형을 잡는다는 것이 말처럼 쉽지 않다.

특히 지금 채나가 지고 오는 것처럼 바지게에 둥근 수박이나 호박 등을 짊어지고 걷는 것은 정말 힘들다.

아차 하면 균형이 무너지고 수박들이 와르르 쏟아졌다.

이미 목격했다시피 채나는 100㎏이 넘는 멧돼지 두 마리를 양쪽 어깨에 메고 숲 속을 뛰어다니는 괴인이다.

털썩!

채나가 가볍게 허리를 굽히며 작대기로 지게를 받쳐 놨다.

"허어 참! 쉬러 와서 쉬지도 못하고 새벽부터 뭔 일을 이렇게 세빠지게 혀?"

"괜찮아. 난 이게 쉬는 거야. 자꾸 땀 흘리고 운동을 해야 정상적인 컨디션이 돌아와!"

채나가 자신의 독특한 휴식을 설파하면서 직경 50센티는 족히 될 듯한 큼직한 수박들을 좌판 위에 내려놨다.

"그렇담 다행이구먼! 워쨌든 고생혔으니 아침밥이나 먹으러 가자고!"

"아침밥?"

"이… 어제 도장 찍었던 과수원 말여! 그 과수원을 관리 허는 사람이 내 친구여. 어제 둠벙 푸면서 미꾸라지를 많이 잡았디야."

둠벙은 웅덩이의 충청도 방언이다.

"미, 미꾸라지? 그럼 추어탕?!"

채나가 군침을 꿀꺽 삼키며 눈을 빛냈다.

"아침이 손님들 모시고 간다고 가마솥으로 하나 끓여 놓으라고 혔어."

"OK―!"

딱!

채나가 손가락을 튕기며 상쾌한 사인을 보냈다.

추어탕은 채나가 한국에 들어와서 강 관장에게 몇 번 얻어먹었다.

한우 갈비 다음으로 좋아하는 음식이었다.

"야, 필통아! 그만 나와서 점방 좀 봐."

"예! 누나."

채나가 샌드위치 패널로 만든 최신식 원두막을 향해 소리치자 키가 훌쩍 크고 연대희 이장을 빼다 밖은 이십대 청년이 나왔다.

쌍둥이 자매의 동생 연필통이었다.

"연 기사님! 빨랑 출발하시죠."

어느새 탔는지 연필신 연필심 자매가 경운기에 탄 채 소리 쳤다.

통통통!

연대희 이장이 경운기에 쌍둥이 자매와 채나를 태우고 거 대한 아카시아나무와 탱자나무로 둘러싸인 콘크리트로 포장 된 넓은 길을 지나갔다.

"동구 밖 과수원 길 아카시아 꽃이 활짝 폈네~ 하얀 꽃 이 파리 눈송이처럼 날리네."

"헤헤헤!"

쌍둥이 자매가 경운이에 앉아서 쌍팔년도에 유행했던 〈과 수원 길〉이라는 동요를 신나게 부르자 채나가 묘한 웃음을 토했다.

"뭐야, 그 웃음소리는?"

"우리가 이 노래로 초딩 사 학년 때 영동군 대표로 충청북 도 도지사배 어린이 합창 대회에 나갔다는 거 말 안 했지? 채 나 언니!"

명석한 쌍둥이 자매가 의미심장한 채나의 웃음소리를 눈 치채고 가재미눈을 떴다.

"그래! 뭐, 동상쯤 먹었겠네."

"……!"

"채나 언니가 어떻게 그걸 알아?"

채나가 마치 합창대회를 지켜본 사람처럼 단언하자 쌍둥이 자매의 눈이 커졌다.

"너희처럼 노래를 부르면 심사위원들이 은상이나 금상을 주고 싶어도 못줘!"

"무, 무슨 말이야?

"니들이 부르는 노래는 음정도 정확하고 박자도 딱딱 떨어지고 자매라서 화음도 좋아! 음색도 그런대로 괜찮고! 거기까지야. 동요도 노래야. 말 그대로 아이들이 부르는 노래지!"

"그런데?"

채나가 이번에는 어린이 합창대회 심사위원 선생님처럼 말을 했고 자매의 호기심 세포가 빛을 냈다.

"이 과수원 길을 작곡한 사람은 분명히 아카시아 꽃이 활짝 핀 과수원 길을 걸어가거나 상상을 하면서 곡을 썼을 거야. 근데 니들이 부르는 노래에서는 아카시아 꽃이 활짝 핀 과수원 길이 보이지 않아!"

"그, 그러니까 우리가 부르는 과수원 길은 입으로는 아카시아 꽃이 활짝 핀 과수원 길인데 듣는 청중들 입장에서는 과수원 길이 상상되지 않는다?"

"맞아! 뭐 내 말이 정 의심스러우면 연 이장한테 물어봐."

"……!"

채나가 느닷없이 화살을 연대회 이장에게 돌리자 연대회

이장이 움찔했다.

경험상 이런 미묘한 일에 끼어드는 것은 득보다 실이 많다는 것을 알고 있었기 때문이다.

연대희 이장의 경험은 정확했다.

"진짜 과수원 길이 보이지 않았어? 아빠!!"

"아후, 씨이! 빨랑 보인다 해, 아빠! 하얀 아카시아 꽃이 활짝 피어 있고 빨갛게 익은 사과가 주렁주렁 매달려 있는 과수원이 보인다 하라구!"

쌍둥이 자매가 연대희 이장을 마구 족쳤다.

"그, 그게 말여…… 아카시아 꽃이 활짝 필 때는 사과가 대추만 헌디… 워쩐디야?"

눈치를 보던 연대희 이장이 아주 애매모한 대답을 했다.

연대희 이장 입장에서 그렇다는 말이다.

쌍둥이 자매나 채나는 단칼에 알아들었다.

"아빠아아아—!"

"연 이장님! 울 아빠 맞으세요? 혹시 채나 아빠 아니십니까?"

쌍둥이 자매가 입에서 불을 뿜었다.

"우헤헤헤헤! 아카시아 꽃이 활짝 필 때는 사과가 대추만 하대?! 우리 연 이장 오늘 엄청 철학적인 말을 쓰네. 거의 열반하신 성철 스님 수준이야. 뭐, 결국 아카시아 꽃도 과수원도 보이지 않았다는 말씀은 충분히 알아듣겠어."

채나가 경운기가 흔들릴 만큼 웃어댔다.

"쭈아! 그럼 우리 항암제 가수 모든 병을 낳게 하는 안드로메다에서 날아온 뮤지션께서 함 불러보셔."

"그래, 채나 언니. 프로의 위용을 보여봐!"

쌍둥이 자매가 대뜸 채나에게 보복의 화살을 날렸다.

"아써! 근데 노래 부르면 배가 무쟈게 고파지는데?"

"뭘 걱정혀? 지금쯤 김 회장 좋아하는 추어탕이 펄펄 끓고 있을 거!"

"그럼 아카시아 꽃이 아니라 미꾸라지를 생각하면서 노래를 함 해볼까?"

채나는 확실히 노래를 사랑했다.

그렇게 좋아하는 먹는 것을 누를 만큼!

동구 밖— 과수원 길! 아카시아 꽃이 활짝 폈네.

채나가 아카시아 꽃이 아니라 미꾸라지를 생각하면서 부른 〈과수원 길〉.

딱 이곳까지 불렀을 때 쌍둥이 자매와 연대회 이장은 보름 전쯤 진 아카시아 꽃이 길가에 다시 피어 있는 것으로 착각했다.

하얀 꽃 이파리 눈송이처럼 날리네~ 향긋한 꽃냄새가…….

"감상이 어때, 연 이장? 아카시아 꽃이 활짝 핀 과수원 길을 봤어?

채나가 〈과수원 길〉을 일절까지 부르고 연대회 이장에게 소감을 물었다.

"내, 냄새까지 나는디……."

이번에도 연대회 이장이 철학적인 대답을 했다.

"헤헤헤, 니들은?

"치시하지만 인정한다. 아빠 말대로 노래에서 향기를 맡아보기는 처음이야."

"아후! 채나 언니가 우리 음악 선생님이었으면 대상도 어렵지 않았을 텐데 아쉽다."

"마저! 맨날 화음이 안 맞는다, 박자가 빠르다……."

쌍둥이 자매가 초등학교 때 음악 선생님을 탓하며 투덜거렸다.

탕탕!

채나가 경운기를 한 손으로 두드렸다.

"좋아! 이제라도 늦지 않았어. 괜찮은 음악 선생님이 옆에서 레슨을 해줄 테니까 다시 한 번 〈과수원 길〉을 불러봐!"

"네에, 선생님!"

"고맙습니다. 선생님!"

채나가 진짜 음악 선생님 같은 말투로 얘기했고 쌍둥이 자매가 어린이들처럼 대답했다.

동구 밖 과수원 길 아카시아 꽃이 활짝 폈네.

다시 쌍둥이 자매의 〈과수원 길〉이 시작됐다.

연대희 이장이 쌍둥이 자매의 〈과수원 길〉을 감상하면서 더 이상 벌어질 수 없을 만큼 입꼬리가 올라갔다.

연대희 이장은 아주아주 옛날부터 이런 날을 고대했다.

언제가 우리 예쁜 쌍둥이 딸들이 예쁘게 컸을 때 이 경운기에 태우고 시골길을 가면서 노래를 시켜보리라!

보너스로 딸이 하나 더 생겼고!

*   *   *

짭짭짭!

눈처럼 하얀 고양이, 스노우가 큼직한 양푼에 머리를 박고 게걸스럽게 밥을 먹었다.

잠시 후 스노우가 고개를 들고 연필심을 쳐다봤다.

밥을 더 달라는 뜻이었다.

"또 줘?!"

샤프심만 한 연필심의 눈이 연필심만큼 커졌다.

"채나 언니! 스노우 더 줘도 돼? 벌써 이 양푼으로 세 번이나 먹었어."

연필심이 거대한 냄비를 들고 시커먼 그늘막이 쳐져 있는 허름한 통나무 식탁에 앉아 열심히 음식을 먹고 있는 채나를 쳐다보며 물었다.

"막 줘! 배부르면 줘도 안 먹어."

채나가 냄비를 거꾸로 든 채 입속에서 쏟아부으며 대답했다.

된장을 풀은 국물에 미꾸라지를 넣고 만드는 이 추어탕은 충청도 일대에서는 어죽이란 이름으로도 통한다.

추어탕과 어죽은 사촌관계였지만 레시피가 약간 다르다.

채나가 지금 먹고 있는 연대회 이장의 친구가 끓여준 미꾸라지탕은 엄격히 얘기해 추어탕보다 어죽에 가까웠다.

추어탕이든 어죽이든 문제는 지독하게 맛있다는 거였다.

스노우가 세 양푼을 비우고 채나가 냄비를 들고 입에 쏟아부을 만큼!

"히히히! 스노우 얘도 지 주인만큼이나 신기해. 무슨 고양이가 못 먹는 게 없냐? 추어탕부터 시작해서 삼계탕 갈비탕 심지어 보신탕까지 먹어."

"진짜야, 그것도 제 덩치보다 서너 배를 먹잖아!"

연필신이 새삼 스노우의 무지막한 잡식성에 혀를 찼고, 연필심이 김이 무럭무럭 피어오르는 가마솥에서 추어탕을 퍼 담으며 맞장구를 쳤다.

"고양이가 아니니까 그렇지, 바보들아!"

"고양이가 아냐, 그럼 뭐야? 앤 아무리 봐도 예쁜 고양인데."

채나가 잇새로 말을 날리자 연필신이 스노우를 안은 채 고개를 갸우뚱했다.

"울 할아버지 말로는 불가사리래!"

"불가사리? 바다에 사는 불가사리?"

"크읏!"

연필신이 스노우를 고양이에서 바다에 사는 극피동물인 불가사리로 만들자 채나가 콧방귀를 뀌었다.

인간이 기억할 수 없는 세월 이전부터 선문의 대종사들에게 전해 내려온 살아 있는 병기 스노우!

채나도 아주 오래전에 쌍둥이 자매처럼 신기한 행동을 하는 스노우의 정체가 궁금해서 짱 할아버지에게 물었다.

이 질문에 선문의 97대 대종사인 장룡은 96대 대종사에게 들은 말을 그대로 전했다.

쇠를 먹는 짐승인 전설적인 괴수, 죽일 수 없는 동물 불가살이(不可殺伊)라고!

확실한 정체는 자신도 모른다는 사족과 함께!

채나 또한 장용에게 들은 그대로 불가살이 즉 '죽일 수 없는 동물' 이란 말을 쌍둥이 자매에게 가감 없이 옮겼다.

채나는 알아들었고 쌍둥이 자매는 바다 속에 사는 별모양의 불가사리로 착각했다.

알다시피 채나는 두 번 설명하지 않는다.

"8999998… 8999999… 9000000!"

갑자기 연필신이 휴대폰을 쳐다보며 숫자를 세기 시작했다.

"까약— 900만 장이다! 드디어 900만 장을 돌파했어!"

곧 바로 괴성을 지르며 채나를 와락 끌어안았다.

"헤에! 내 스페셜 앨범이 방금 900만 장이 팔린 거야?"

채나가 미소를 지었다.

"이히히히… 900만하고 세 장, 네 장, 다섯 장째!"

"와아아! 멋있다 우리 음악 선생님!"

연필신과 연필심이 호들갑을 떨며 난리를 피웠다.

떵동!

동시에 채나의 품에서 전화벨이 울렸다.

문자가 왔다는 신호였다.

추라라라라라라라라라라라라라라라라라!

드디어 900만 돌파!

1,000만을 향해 빛의 속도로 진격 중!

아무리 생각해도 난 노예계약을 당했어.

25층짜리 경기은행 빌딩이 아니라 여의도에 있는 63빌딩을 사달라고 해야 했어.

EMA에서 스페셜 앨범을 영어 버전으로 녹음을 해주는 조건으로 계약을 다시 하잔다.

김 회장이 〈블랙엔젤〉 제작발표회 때 〈끝없는 사랑〉을 오개 국어 버전으로 불렀던 것이 결정적인 뺀찌였던 것 같다.

되는 놈은 뭘 해도 된다니까!

왠지 불길한 예감이 확 든다.

2억 불을 돌파할 것 같다는 불길한 예감!

남의 일이지만 많이 걱정돼.

우리 째냐! 이 많은 돈을 다 어따 쓸래래래래???

FROM. 동주 오빠

캔 프로 강 관장이 보낸 문자였다.

CD 공장에 불까지 나게 했던 채나의 스페셜 앨범.

〈블랙엔젤〉 제작발표회 때 KBC 주 기자가 분명히 800만

장을 돌파했다고 했다.

그 앨범이 단 일주일 만에 900만 장을 돌파하고 1,000만 장의 고지를 향해 미친 듯이 질주하고 있었던 것이다.

강 관장 말대로 총알이 난무(?)한 〈블랙엔젤 제작 발표회〉와 〈김채나 광명시플래시몹〉이 타오르는 불길에 기름을 끼얹었기 때문이었다.

"김 회장! 대강 먹었으면 소화도 시킬 겸 과수원 귀경 점 허자고!"

연대희 이장이 구수한 충청도 사투리를 날리며 새마을 모자를 쓴 오십대 남자와 함께 그늘 막으로 들어왔다.

"쩝쩝! 보다시피 나하고 스노우는 바빠. 세 부녀께서 사이좋게 다녀오셔."

채나가 연대희 이장을 쳐다보지도 않고 눈부시게 숟가락을 놀리며 손을 저었다.

"그렇게 비협조적으로 나올 거지, 김채나? 내가 지금까지네 매니저를 하면서 얼마나 고생을 했는데, 이 뙤지야!"

"우리 음악 선생님 1,000만 장 가수 된다고 유세 떤다, 후우우!"

쌍둥이 자매가 장수말벌로 변해 달려들었고,

"허허, 한 바퀴 돌고 오자고, 김 회장. 어죽은 푹 끓어야 맛있는겨!"

연대희 이장이 채근했다.

"아써! 짱나네. 이제 좀 추어탕 간을 봤는데… 내 지갑 줘봐!"

채나가 세 부녀의 맹공을 견디지 못하고 바로 두 손을 들었다.

"하나, 둘, 셋, 넷, 다섯이지?"

뜬금없이 채나가 연대희 이장부터 스노우까지 머리수를 셌다.

"삼촌 용돈!"

채나가 십만 원짜리 수표 다섯 장, 오십만 원을 지갑에서 꺼내 새마을 모자를 쓴 중년 남자의 주머니에 찔러 넣었다.

"어이쿠— 남세스럽게, 이게 뭐랴? 내가 돈 받으라고 아침 먹으러 오라 헷깐?"

중년남자가 펄쩍 뛰었다.

"누가 밥값이래? 잘나가는 조카가 삼촌한테 용돈 주는 거야!"

채나가 중년남자의 볼을 톡 치며 스노우를 안고 쌍둥이 자매와 함께 그늘 막을 나갔다.

"받아두어! 조카가 삼촌헌티 주는 용돈이랴. 말두 참 예쁘게 허네, 허허허!"

"허이구, 그래도 그렇지 어죽 한 그릇 얻어 먹구 워찌 오십만 원씩을 준 디야? 소문만큼 거시기헌 사람이구먼."

"외계인 확실혀!"

연대희 이장이 너털웃음을 지으며 그늘 막을 나섰다.

딸딸딸!

연대희 이장이 쌍둥이 자매와 채나를 경운기에 태운 채 자갈이 깔린 과수원 언덕을 천천히 올라갔다.

"화아! 가도 가도 감나무 숲이네? 이래서 아빠가 딸딸이를 타라고 했구나."

"정말 우리 군내에서 가장 큰 과수원이라더니 굉장하다."

쌍둥이 자매가 자갈길을 따라 좌우로 끝없이 이어진 감나무 숲을 돌아보며 감탄사를 연발했다.

"시방 이 사람들이 뭔 소리여? 이 과수원이 월매짜린지 물르남?"

연대희 이장이 정색했다.

"이 그려! 아직까진 자네들이 어려서 돈에 대한 가치를 잘 물를 꺼여. 이렇게 생각허면 틀림읎서. 돈 1,000만 원이면 한 사람이 죽어 나가!"

"......!"

"이 과수원하고 논하고 합쳐서 11억 원 가까이 줬어. 당연히 백 명 모개치는 헤야 되는겨! 내 말 알겠남, 김 회장?"

연대회 이장은 채나를 친 딸로 생각했다.

세상 밑바닥을 경험한 아버지로서 딸에게 돈의 무서움을 가르쳐 줬다.

"아써, 아써! 근데 왜 과수원이라면서 사과나무는 하나도 안 보여?"

채나는 귀찮다는 듯 대답했고!

이미 채나는 짱 할아버지에게 돈 냄새가 날 만큼 교육을 받았다.

"이 여긴 호두나무하고 감나무밖에 읎서. 내 경험상 사과보다 감하고 호두가 더 돈이 되더라고! 그래서 이 과수원을 산거여. 참외보다 수박이 더 돈이 되는 것 같아서 수박 농사를 허듯 말여."

"확실히 연대회 이장은 똑똑혀. 이런 산골 이장으로 썩기에는 아까운 인재여."

"그려? 김 회장이 띠워주니께 진짜 똑똑해지는 기분이구먼, 허허허허!"

채나가 충청도 사투리로 칭찬을 했고 연대회 이장이 활짝 웃었다.

채나의 또 다른 능력.

사람의 마음을 살 줄 알았다.

"내려들! 여기가 끝이여."

연대회 이장이 십여 그루의 감나무가 있는 야트막한 야산의 정상에 경운기를 세웠다.

"으응… 이 과수원이 끝나는 곳이 이렇게 생겼구나."

"쳇! 별거 아니네. 어렸을 때 이 과수원을 지나다니면서 꽤나 궁금했는데, 그치?"

쌍둥이 자매가 야산을 둘러보다가 실망한 기색으로 말을 뱉었고,

"근데 아빠 저 아래 보이는 저 강… 금강이지?"

연필신이 산 아래를 내려다보며 충청도 땅에 있는 강답게 느릿느릿 흐르는 강줄기를 가리켰다.

"이 그려. 저 강 건너편은 충북 영동군이 아니라 충남 금산군이여. 인삼 많이 나는 금산 말여."

"저기 새파랗게 보이는 저 넓은 땅은 뭐야?"

뒤이어 채나가 질문을 던졌다.

"논이여! 옛날인 비가 많이 오면 저 강이 범람을 혔거든. 국비를 50억인가 100억인가 들여서 제방공사를 했어. 관개수로도 만들고! 덕분에 그때 습지였던 땅들이 논으로 바뀐 거여!"

"엄청 넓다. 완전 평야 같네!"

"그럼 삼십만 평이 넘는디 넓지! 근디 저 땅 때문에 도나 군이나 골치 아픈가벼."

연대회 이장이 자애로운 성품답게 찬찬히 설명을 했다.

"왜 아빠?"

제일 똑똑한 연필심이 호기심이 동했다.

"일반에 매각하려고 세 번이나 입찰을 붙였는디 작자가 읍서서 유찰됐디야. 군에서 억지로 끌어안고 있으니 열불 날 꺼여. 삼십만 평이 넘는 땅을 관리하려면 돈이 한두 푼 들어가겄어? 수확이라고 해봤자 쌀이 고작인디 매년 적자랴!"

쌍둥이 아빠 연대회 이장은 조산면이 아니라 영동군에서도 알아주는 이장이었다.

영동군은 물론이고 청주나 대전등지까지 다양한 정보를 갖고 있었다.

"평당 얼마면 살 수 있대?"

이번엔 또래치고는 부동산 매매에 경험이 많은 연필신이 물었다.

평당이라는 전문용어까지 사용해서.

"도에서는 3만 원까지 기대한 모양인데 유찰이 세 번씩이나 됐으니께 2만 원이면 너끈헐 꺼여."

"아후! 2만 원씩이라고 해도 삼십만 평이면 60억 원이야 아빠?"

"유찰될 만도 하다. 누가 저런 논을 60억이나 때려주고 사냐? 그 돈으로 건물을 사는 게 훨 낫지. 월세만 받아도 얼만데!"

"그려! 큰애 말이 맞아. 그러니께 사람들이 뎀비지를 안는 겨. 농사져서 나오는 수입보다 건물이나 상가를 사면 훨씬 수입이 많은데 미쳤남?"

연 이장 삼부녀가 충남 금산군에 있는 국유지 삼십만 평이 매각되지 못한 이유를 밝혀냈다.

"저거 연 이장한테 주면 농사는 질 수 있남?"

채나가 아주 자연스러운 충청도 사투리로 물었다.

특유의 무감정한 톤이었다.

"공짜로 준다면야 뭐하느님 아버지 아니겄어. 요새는 옛날 같지 않아서 기계가 좋아서 농사도 헐만혀. 나라에서 적당한 값으로 수매해 주고 말여!"

"종로 외환은행 지점장님도 바꿔봐, 필신아!"

"응, 잠깐만?"

채나가 느닷없이 외환은행 지점장을 바꾸라고 했다.

매니저였던 연필신은 이미 채나의 느닷없는 뜬금없는 갑자기 등의 습성에 익숙해 있었다.

망설임없이 휴대폰 번호를 눌렀다.

채나는 망설이거나 되물으면 마구 짜증을 낸다.

"네, 지점장님! 62억만 송금해 주세요, 한화로요. 충북 영동군 상서리 농협 연대회 이장 계좌예요, 네!"

"……."

갑자기 연대회 이장을 비롯한 삼부녀가 할 말을 잃었다.

"시, 시방 뭐라고 헷어, 김 회장? 내, 내 구좌로 6, 62억 원을 송금한 겨? 참말여?!"

연대회 이장이 엄청난 충격을 받은 듯 말을 더듬었다.

"저 땅, 연 이장이 사! 우리나라에는 아직도 굶고 사는 어린 아이나 노인들이 많대. 연 이장이 농사를 지어서 그런 사람들에게 직접 보내줘. 쌀로! 농사지을 때 들어가는 경비하고 연 이장 보수는 공제하고 말야."

"허어어어— 이 사람— 정말 무서운 인사구먼! 어허허허— 참 참 참!"

연대회 이장이 연신 혀를 차며 어쩔 줄을 몰랐다.

결식아동과 노인들에게 쌀을 보내주라고 했다.

그것도 60억 원을 들여 삼십만 평이 넘는 땅을 사서 농사를 지어서 직접 쌀로!

60억 원이란 돈은 연대회 이장 비유대로라면 600명이 죽어나가는 엄청난 금액이었다.

"내 이름으로 보내면 생색내는 것 같으니까 무기명으로 보내줘. 그 대상은 연 이장이 선정해. 연 이장 친구들인 청룡부대 용사들 중에서 먹고살기 힘들 사람들이 있으면 그분들에게도 보내줘도 좋아. 대한민국 국민이나 미국 국민이면 괜찮아."

"……!"

"난 주로 두 나라에서 돈을 벌었으니까!"

돈을 벌면 반드시 사회에 환원을 해야 한다.

채나는 어릴 때부터 이렇게 배웠다.

학교에서, 짱 할아버지에게서.

이제 채나는 천문학적인 돈을 벌어들이기 시작했고 사회 환원이라는 가르침을 실천하기 시작했다.

채나 방식으로!

금강 변에 위치한 삼십만 평의 땅.

정확히 십 년 후 백제라는 신도시가 들어서면서 무려 오십 배, 백 배가 뛴 땅.

채나에게 부동산 투기의 의혹을 불러 일으켰던 땅.

꼼꼼쟁이 연대희 이장이 십 원짜리 영수증 하나까지 챙겨 가지고 나가 국회 청문회에 뿌렸던 그 문제의 땅이었다.

5장

억의 가치

프로 권투 밴텀급 동양 챔피언을 지낸 천형기는 비록 권투에서는 아쉽게 동양 챔피언에 그쳤지만 사업에서는 세계 챔피언을 향해 달려가는 사람이었다.

그가 지닌 ㈜CEC 대표라는 명함을 지니기까지 행로를 따라가 보면 그가 얼마나 사업수완이 뛰어난 사람인지 알게 된다.

1차 방어전에서 허무하게 동양 타이틀을 잃은 그는 과감히 권투를 접고 아버지를 쫓아다니며 인테리어 사업을 도왔다.

말이 좋아 인테리어 사업이지 사실은 목수 몇 명과 함께 호프집이나 노래방 등의 실내장식을 맡아 목수 일을 해주고 자신의 일당을 좀 후하게 받는 정도의 사업이었다.

어쨌든 천형기는 아버지를 닮아서 그런지 목수 일을 아주 쉽고 빠르게 배웠다.

한때 동양 챔피언을 지내면서 방송국에 몇 번 들락거린 인연으로 우연히 방송국의 세트장 짓는 일을 맡게 되었다.

그러다 보니 많은 연예인과 기획사 관계자들을 알게 되면서 연예인들이 출연하는 큼직한 행사들의 무대를 만들게 됐고!

이제 천형기하면 대한민국의 무대 건축 전문가로 꼽히게 되었고 지금은 방송사나 기획사 쪽에서 제일 많이 찾는 사업가가 됐다.

그 천형기 사장이 평소에는 좀처럼 입지 않는 양복을 걸쳤다.

작업복 차림으로 청와대까지 드나들었던 몸이라서 그런지 양복이 영 불편했다.

하지만 자리가 자리인지라 어쩔 수 없었다.

강남의 유명한 룸싸롱인 〈대망〉에서 롯데백화점의 고위층과 캔 프로의 강동주 관장을 만나기로 했기 때문이다.

롯데 측에서 요즘 대통령보다도 더 바쁜 강 관장이나 채나를 도저히 만날 수 없자 연예계 마당발이요, 강 관장의 권투

계 후배인 천형기 사장을 앞세웠다.

천형기 사장이 기대를 저버리지 않고 여기저기 선을 넣어서 오늘 만남을 성사시킨 것이다.

누구나 세상을 살다 보면 정말 좋아하고 존경하는 사람이지만 왠지 만나기 껄끄러운 사람이 있게 마련이다.

천형기 사장에게 강동주 관장이 그런 사람이었다.

고등학교 선배요, 권투계의 선배인 강 관장을 만난다는 것이 영 부담스러웠다.

강동주 관장이 누군가?

일찍이 수십 번의 세계타이틀 매치를 성사시키고 현역 세계 챔피언을 네 명이나 보유한 세계권투계에서도 그 명성이 쩌렁쩌렁한 프로모터였다.

게다가 지금은 김채나라는 외계인까지 데려와 그야말로 쇼 비니지스계의 태양과 같은 존재였다.

고삐리 시절 아마추어 복싱 국가대표였던 강 관장에게 야구방망이로 맞아가며 권투를 배운 기억이 아직도 생생했고!

"또 야구방망이로 맞는 한이 있어도 어쩔 수 없지."

천 사장이 쓰게 웃으며 차에 내렸다.

"설마 내일 모레 오십인 사람을 때리기야 하겠어?"

롯데백화점은 천 사장이 야구방망이로 맞을 것을 무릅쓸 만큼 아주 큰 거래처였다.

강 관장 또한 앞으로 중요한 거래처가 될 공산이 컸고.

"어서 오십시오— 천 사장님!"

룸싸롱 〈대망〉의 웨이터장인 김성남이 구십도 각도로 허리를 접었다.

"손님들은?"

"롯데에서 오신 분들은 마담께서 귀빈실로 모시고 들어갔습니다."

"강 관장님은 안 오셨고?"

"예, 아직!"

그때, 뒤에서 항아리가 깨지는 듯한 목소리가 들려왔다.

"여어! 천 사장."

짧은 스포츠형 머리의 강 관장이 예의 꽃무늬 남방을 걸친 채 건장한 사내들의 경호를 받으며 승용차에서 내렸다.

누가 봐도 잘나가는 조폭 두목의 행차였다.

"어이구— 형님!"

천 사장이 삼 년 전에 돌아가신 아버지가 살아 돌아오기라도 한듯 바람처럼 달려갔다.

"잘 지내셨죠? 자주 찾아뵙지 못해서 죄송합니다. 형님!"

"괜찮아, 괜찮아! 너나 나나 정신없이 바쁘잖아?"

강 관장이 사람 좋은 웃음을 흘리며 천 사장의 어깨를 툭툭 쳤다.

'피휴! 다행이다. 꽃무늬 남방을 입은 것을 보니 기분이 아주 좋으시구만.'

천 사장이 길게 한숨을 내쉬었다.

강 관장이 기분 좋을 때 꽃무늬 남방을 입는 것은 천 사장이 알 만큼 유명한 습관이었다.

"오랜만에 뵙겠습니다. 강 관장님!"

웨이터장인 김성남이 배꼽 인사를 했다.

"오, 그래, 성남아! 근데 조까 이 자식은 왜 안 보이냐? 형님이 강남에 떴는데 맨발로 튀어와야지 이 새끼가 근데……."

"회장님께서는 사꾸라에 가셨습니다. 이십 분 즈음 뒤에 도착하신다고 하셨습니다."

강 관장이 말하는 조까는 오래전 ㈜예원의 사장실에서 DBS의 홍 본부장과 함께 고스톱을 쳤던 불알친구.

봉투에서 오천만 원의 거금을 빼가도 농담 한마디로 끝내던 짝퉁 연예인.

강남 유흥업계의 큰손인 조일행 회장을 지칭하는 말이었다.

"씨발 놈이 빠져 가지고! 옛날처럼 방망이 함 휘둘러 봐?"

'으헉!'

천 사장의 가슴이 덜컥 내려앉았고,

'갑자기 웬 방망이를?'

등골에서 식은땀이 쫙 흘러내렸다.

"성남아, 쟤들 밥 안 먹었다! 적당히 차려줘라."

"예, 관장님!"

"야, 니들 술 많이 쳐 먹지 마. 바로 대구로 떠야 돼!"

"옛— 관장님!"

눈빛이 매서운 이십대 청년들이 일제히 허리를 접었다.

"들어가자! 천 사장."

"예, 형님!"

강 관장과 천 사장이 웨이터들의 안내를 받으며 룸싸롱
〈대망〉으로 들어섰다.

"롯데 애들은? 와 있지?"

"물론입니다. 전무이사와 홍보실장이 직접 왔습니다."

"어머머! 어서 오세요, 강 관장님! 그동안 왜 이렇게 뜸 하
셨어요? 고스톱 상대가 없어서 얼마나 기다렸는데……."

천 사장이 방금 훈련소에 입소한 장병처럼 씩씩하게 대답
할 때, 대망의 새끼마담 이화영이 미스코리아 뺨치는 미모를
자랑하며 강 관장에게 매달렸다.

"여기 웬수 또 있네! 진짜 난 왜 그렇게 고스톱을 못 치나
몰라? 내 돈은 먼저 보는 놈이 임자라니까."

"호호호! 오늘은 꼭 저하고 놀아주고 가셔야 돼요, 강 관장
님?"

강 관장이 천 사장을 보며 말했고 이 마담이 엉덩이를 흔들
며 애교를 떨었다.

"오냐! 일단 손님부터 만나고 한판 뜨자! 빤스 갈아입고 기
다렷!"

"네엥, 관장님!"

이 마담이 코맹맹이 소리를 내며 강 관장의 팔짱을 낀 채
룸으로 들어갔다.

황금빛 대리석 탁자 위에 술과 안주들이 가득 차려져 있었
다.

강 관장과 천 사장이 나란히 앉아 있었고 부산 롯데백화점
의 한석주 홍보실장과 신동균 전무이사가 건너편에 자리 잡
았다.

신기하게도 룸싸롱에 가면 제일 먼저 들어오는 도우미 아
가씨들도 없었고, 양주와 함께 산해진미가 세팅돼 있었건만
누구도 건드리지 않았다.

그저 냉수와 콜라만 죽이면서 월드컵 애기만 늘어지게 했
다.

누가 보면 대한축구협회 관계자나 프로축구단의 코칭 스
탭으로 착각할 정도였다.

히딩크를 하동구로 창씨개명 시켜 우리나라에 살게 해야

한다고 강 관장이 침을 튀겼다.

월급쟁이는 사업가와 달리 참을성이 부족하다.

월급쟁이인 한 실장이 먼저 운을 뗐다.

"돌아오는 9월 8일 우리 부산 롯데백화점이 오픈을 합니다."

"오오오! 그 98층짜리 동양에서 제일 크다는 백화점 말이오? 소문은 익히 들었수다."

한 실장의 묵직한 말에 강 관장이 커다란 리액션을 날리며 추임새를 넣었다.

"오픈 기념행사의 일환으로 해운대 백사장에 야외무대를 설치한 후 유명 연예인들을 출연시켜 대대적인 축하 쇼를 개최할 예정입니다."

"허어어? 해운대 백사장에서 오픈 행사를 연다? 정말 죽여주겠군!"

이번에는 강 관장이 거의 남도 민요의 권위자처럼 추임새를 넣었다.

"이미 강 관장님도 알고 계시니 단도직입적으로 말씀드리겠습니다. 김채나 양을 행사에 보내주셨으면……."

"오억!"

강 관장이 한 실장의 말이 채 끝나기도 전에 마침표를 찍듯 오억을 불렀다.

·······.

강 관장의 입에서 삼억이란 말이 떨어지자 실내가 더 이상 조용할 수도 더 이상 무거울 수도 없는 침묵에 휩싸였다.

갑자기 우리나라 축구팀이 한일월드컵에서 일회전에 떨어 졌다는 소식을 들은 듯했다.

"기본 세 곡! 한 곡당 일억 오천! 왕복 항공료 등등 제반비 용 오천!"

강 관장이 못 박듯 또박또박 말을 이어갔다.

"오오오오오… 오억이라고 하셨습니까? 형님!"

천 사장이 큼직한 망치로 뒤통수를 맞은 듯 말을 더듬었고,

"응!"

강 관장이 씨익 웃으며 어깨를 으쓱 했다.

"혀, 형님! 우리나라 가수들 중 왕이라는 가왕 최영필 씨도 삼천만 원만 주면 어떤 행사든 다 부를 수 있습니다."

"맞아! 우리나라 가수 중에 왕이니까 그 정도 개런티면 부 를 수 있을 거야. 근데 울 채나는 세계 챔피언이야. 우.리.나. 라 가 아니라 세.계. 말이야!"

천 사장이 최영필을 거론하며 들이대자 강 관장이 세계를 강조하며 실소를 날렸다.

"그 뭐 최영필이가 빌보드 차트 일백 위 내라도 올려놓은 노래가 있음 나한테 얘기 좀 해줘라. 천 사장! 그럼 내가 당장

이 자리에서 오억 줄게. 채나는 공짜로 보내주고."

2002년도에 1억 원을 주면 서울 변두리에 있는 13평짜리 아파트 한 채를 살 수 있었다.

구로동 꺽다리 아줌마 연필신이 전에 살던 주공아파트.

강 관장은 채나가 출연하는 행사 개런티로 서울의 13평짜리 아파트 다섯 채 값을 불렀다.

마치 공정거래위원회에서 지정해 준 가격처럼!

…….

또다시 실내가 침묵에 싸였다.

퐁!

강 관장이 따는 양주병 소리가 그 침묵을 깼다.

"천 사장! 내가 지금까지 술을 먹지 않은 이유가 뭔지 아냐?"

"그게 저도 궁금했습니다. 밥보다 술을 좋아하시는 형님이 술을 안 드시고 계시니……."

"채나 개런티를 말하기 위해서였다. 술 먹고 개 소리 멍멍 한다고 할까 봐!"

"……!"

강 관장은 이런 사람이었다.

행사 개런티 5억 원을 부르기 위해 아침부터 사우나에 가서 목욕재계를 하고 지금 이 자리에서 할 말을 수백 번 곱씹고 나왔다.

아무나 스포츠 엔터테인먼트계의 제황이 되는 것은 아니
었다.

"이젠 내 얘길 다했으니 시원하게 한잔 빨자!"

"예! 형님."

콸콸콸.

천 사장이 강 관장의 잔에 가득 술을 따랐다.

"술 먹기 전에 이거나 한번 보슈, 한 실장!"

강 관장이 술잔을 든 채 다이어리 한 권을 한 실장에게 건
넸다.

한 실장이 다이어리를 든 채 물었다.

"이 다이어리가 뭐죠? 강 관장님!"

"우리 채나에게 행사에 와 달라고 콜한 것을 적은 거요."

"세상에— 백 군데도 넘겠군요?!"

한 실장이 스케줄이 깨알처럼 적혀 있는 큼직한 다이어리
를 살펴보며 입을 쩍 벌렸다.

"크크! 난 우리나라에 그렇게 많은 행사가 있다는 것을 올
해 처음 알았시다!"

강 관장이 잇새로 웃음을 터뜨렸고,

"야, 후야! 그 가방 좀 가지고 와."

고개를 돌리며 소리쳤다.

코끼리만 한 덩치 하나가 큼직한 여행용 가방을 가지고 들어왔다.

"까 봐!"

"예! 관장님."

코끼리가 백여 권은 족히 넘을 듯한 시나리오 책자를 테이블에 쏟아 놨다.

"채나에게 건네줘야 될 시나리오 책자요. 각 영화사 방송사 기획사 등에서 보내온 건데… 울 채나가 이 영화와 드라마에 모두 출연하려면 이백 살까지는 살아야 할 것 같수. 허참!"

"어이이구! 채나 양의 인기가 하늘을 찌르는군요, 형님?"

천 사장이 이제야 상황 파악을 했다.

"내가 어느 인터뷰에선가 이렇게 얘기한 적이 있었지. 채나는 지구 최고의 스타가 아니라 우주 최고의 스타가 될 거라고. 〈블랙엔젤〉이 본격적으로 방영되고 〈KK팝〉이 뜨니까 내 예언이 적중했다고 기자들이 거품을 물드만!"

"채나 양이 슈퍼스타라는 것은 우리도 잘 알고 있습니다. 출연료 부분을 약간 조정해 주시면……."

"쿵!"

한 실장이 진지하게 말했고, 강 관장이 콧방귀를 날렸다.

코끼리가 시나리오 책자들을 조심스럽게 가방에 담아 나갔다.

비디오테이프 한 장 만 남겨 놓은 채.

"야, 화영아! 이 테이프 좀 틀어봐라."

쪽! 강 관장이 양주 한 잔을 아주 맛있게 마셨다.

새끼마담 이화영이 미소를 지으며 룸 안으로 들어왔다.

"이게 무슨 테이프예요, 혹시 포르노?"

"니가 포르노보다 더 좋아하는 테이프다."

이화영이 웃으면서 비디오테이프의 정체를 물었고 강 관장이 노타임으로 대답했다.

사랑이 슬픈 것은 내가 당신을 그렇게 슬프도록 사랑을 했기 때문입니다.

사랑이 슬픈 것은 당신이 나를 그렇게 슬프도록 사랑을 했기 때문입니다.

사랑이 슬픈 것은 당신과 내가 그렇게 슬프도록 사랑을 했기 때문입니다.

채나가 언젠가 〈우스타〉에서 부른 〈슬픈 사랑〉의 MV 뮤직 비디오였다.

언젠가 꼭 올 거란 생각에 당신을 기다렸습니다.

늘 당신이 내 곁에 있다고 믿었죠.

당신도 늘 내가 당신 곁에 있다고 믿었었습니다.

뮤직 비디오에서 채나의 노래가 딱 여기까지 계속됐을 때.
투투툭!
돌연 이화영의 눈에서 눈물이 떨어졌다.
"정말정말… 우리 교주님… 노래 넘 잘하신다. 진짜 잘해!
가슴이 절절하게 울려!"

당신은 떠났고 나는 그대 곁에 없었습니다.
그렇게 우리는 또 긴 시간을 보냈죠. 시간이 얼마나 흘렀을
까요?
당신이 내 곁에 있었습니다. 나도 당신 곁에 있었습니다.

"흑흑흑!"
채나의 노래가 이어지자 이화영이 흐느꼈다.
"절대 이 비디오 끄지 마! 끄며 죽을 줄 알아?"
이화영이 뛰쳐나갔다.
"보다시피 상황이 이렇소!"
강 관장이 어깨를 으쓱했다.
"자! 이제 선수끼리 쪽 팔리게 밀당하지 말고 까놓고 얘기
합시다. 내가 우리 채나의 개런티를 비싸게 불렀다면 이번엔

한 실장이 불러 보슈! 내 두말 않고 그 돈을 받겠시다. 불러보슈! 얼마요?"

"10억 원입니다."

지금까지 한마디도 하지 않고 지켜보던 신동균 전무가 빙그레 웃으며 입을 열었다.

휘청!

천 사장이 테이블 아래로 미끄러졌다.

"큭큭큭―"

강 관장이 양주를 병째 들이켜며 괴상한 웃음을 토했다.

"역시 〈롯데〉의 작은 회장님 눈은 예리하시네!"

"정식으로 인사드리겠습니다. 옛날부터 강 관장님 팬이던 신동균입니다."

"예예! 강동줍니다. 작은 회장님 말씀은 많이 들었시다."

신동균 전무와 강 관장이 마주서서 정중히 허리를 숙이며 악수를 했다.

98층짜리 부산 롯데백화점의 실질적인 오너인 신동균 전무였다.

신동균 전무가 자리에 앉으며 묵직하게 고개를 끄덕였다.

"이렇게 하시죠. 강 관장님!

강 관장 등이 신동균 전무의 입을 주시했다.

부산 롯데백화점에서 벌어지는 모든 일은 신 전무가 결정하면 끝이다.

곧 신 전무의 말은 법이었다.

부산 롯데백화점에서는!

"채나 양을 우리 백화점 명품관 모델로 초빙하겠습니다. 기한은 삼 개월. 사인회는 두 번 정도가 좋겠군요."

신 전무가 평소 성품을 보여주듯 또박또박 말을 이어갔고,

"모델료와 해운대 행사 출연료까지 10억으로 마무리하시죠, 강 관장님?"

오너답게 결론을 내렸다.

"부산 롯데백화점 명품관 모델료와 해운대 행사비를 합쳐서 10억이라?"

탁탁탁!

갑자기 강 관장이 오른손 주먹으로 왼쪽 손바닥을 때리기 시작했다.

뭔가 깊은 생각을 할 때 나오는 특유의 버릇이었다.

앞에서 얘기했듯 강 관장은 이런 큰 비즈니스는 철저한 계산하에 처리한다.

명품관 모델 제의는 강 관장 계산에 없었던 전혀 뜻밖의 펀치였다.

"울 채나는 이게 문제야. 이상하게 대한민국에서는 평가절하가 돼?"

강 관장이 탐색전을 개시했다.

"롯데백화점 메인 모델은 뉘요?"

"빅마마 박지은 양입니다."

강 관장이 잽을 날렸고, 신 전무가 빈틈을 보였다.

"박지은이가 메인 모델이라? 그렇다면 채나가 개쪽 팔 일은 없겠구만!"

역시 프로권투 세계 타이틀전을 수십 번씩 성사시킨 프로모터였다.

강 관장은 펀치드링크에 시달리는 머리로도 채나의 체면을 세심하게 계산하고 있었다.

롯데백화점 메인 모델과 명품관 모델은 중량에서 많은 차이가 난다.

박지은 정도의 초대형 스타가 메인 모델이 아니었다면 강 관장은 절대 이 옵션을 받지 않았다.

"기한은 이 개월, 사인회는 한 번, 해운대 행사비 포함 12억, 도장 찍읍시다."

철썩! 강 광장이 결정했다는 듯 주먹으로 손바닥을 힘껏 내려쳤다.

천 사장의 턱도 같이 내려갔다.

"작은 회장님도 아실 거요. 채나가 나이키 스포츠 CF에 출연하면서 몸값으로……"

"광고주가 세금을 부담하는 조건으로 1,000만 US달러 한화로 120억 원에 계약한 건, 보고 받았습니다."

강 관장이 채나의 나이키 CF 출연료를 언급하려고 할 때 신 전무가 말을 가로챘다.

"고맙습니다, 강 관장님! 김채나 양이 계약서에 서명하는 것과 동시에 12억 원 전액을 입금시켜 드리겠습니다."

그리고 재빨리 마무리했다.

"생각지도 못한 모델 건이 끼는 통에… 왠지 작은 회장님께 당한 기분이오!"

"핫핫핫! 칭찬으로 받겠습니다."

강 관장과 신 전무가 다시 자리에서 일어나 힘차게 악수를 교환했다.

강 관장의 찝찝한 예감은 정확했다.

이 계약은 롯데의 작은 회장 신동균 전무의 승리였다.

이미 ㈜ P&P 박영찬 회장이 계산기를 두드려 봤듯 채나의 몸값은 하루가 다르게 치솟고 있었다.

채나는 모델료로 지금 계약한 금액의 꼭 두 배를 받아야 했다.

"이 기쁜 소식을 잠깐 주인공에게 전해주고 오겠시다."

"어서 다녀오시죠. 술 벌레들이 마구 요동을 치는군요."

"하핫핫! 껄껄껄!"

신 전무가 웃으면서 농담을 던졌고 12억 원짜리 잭팟을 터뜨린 강 관장이 못내 아쉬운지 고개를 모로 꼰 채 룸을 빠져나갔다.

6장

운동장 콘서트

수원예술고등학교 앞 사거리는 도심에서 많이 떨어진 변두리라서 평소에는 차량통행이 뜸하다.

하지만 오늘은 새벽부터 밀려드는 자동차들로 인해 교차로 전체가 완전히 마비됐다.

오후 7시가 넘은 지금까지도 끝없이 몰려드는 차량과 인파 때문에 경찰들도 아예 손을 놓고 있었다.

삐 삐 삐 삐!

젊은 교통경찰관 한 명이 호루라기를 불다가 눈치를 살피며 사람들이 빽빽이 올라가 앉아 있는 붉은 벽돌 담장을 힐끗 쳐다봤다.

수원예고 사거리를 교통지옥으로 만든 주범이 갇혀 있는 곳이었다.

"꺅― 언니 사랑해요! 채나 언니 진짜 멋있어요!"

"교주님 예뻐요! 아후, 정말 귀엽다!"

갑자기 담장 위에서 탄성이 터졌다.

"저쪽이야. 교주님이 저쪽으로 갔어!"

"언니― 사인해 주세요! 채나 언니!"

백여 명의 중고생이 벽돌 담 위에서 내려와 골목을 달려갔다.

젊은 교통경찰관이 호기심을 이기지 못하고 까치발을 든 채 담장 안을 살짝 넘어다 봤다.

담장 안은 흔한 학교 운동장이었다.

운동장 안에서 경찰들이 훈련을 하고 있는지 경찰 버스 수십 대가 운동장 뺑뺑 돌아가며 스크럼 치고 있었고 그 앞에는 백 개 중대 병력은 족히 될 듯한 전투경찰들이 완전무장을 한 채 이중삼중으로 에워싸고 있었다.

게다가 수백여 명의 사설 경호원까지 동원되어 눈을 부라리고 있어서 운동장 안은 말 그대로 인의 장막이었다.

바로, 대한 방송사 DBS 대하드라마 〈블랙엔젤〉 C팀의 촬영 현장이었다.

〈블랙엔젤〉의 스토리가 과거로 돌아가 고교시절 얘기였기에 수원예고를 빌려서 촬영을 하고 있었던 것이다.

DBS 로고가 붙은 방송사 차량들이 잔뜩 주차해 있는 운동장 한구석에서 〈블랙엔젤〉 C팀의 책임 PD인 문종욱 차장과 황보순 작가 등 〈블랙엔젤〉 C팀의 스탭들과 남자 조연인 지상욱 등이 모여서 뭔가 열심히 상의를 했다.

"여기서 지상욱 씨가 치는 대사를 이렇게 바꾸겠습니다."

"그래! '더러운' 보다 '치사한' 으로 시작하는 게 훨 났다."

황보순 작가가 사인펜으로 시나리오 책자에 줄을 그으면서 설명을 했다.

오랫동안 작업을 해온 듯 더위와 피곤에 지친 기색이 역력했다.

〈블랙엔젤〉은 보다 원활한 작업을 위해서 A, B, C세 팀으로 나누었는데, A팀은 김천 야외촬영장에서 B팀은 프랑스 파리에서 C팀은 이곳 수원예고에서 각각 촬영 중이었다.

드르륵!

그때 문 차장의 품속에서 말매미 우는 소리가 들렸다.

휴대폰이 왔다는 신호였다.

"채나 씨— 전화! 강 관장님이셔."

문 차장이 휴대폰을 든 채 운동장 저편에서 스노우와 놀고 있는 채나를 불렀다.

"OK!"

채나가 잽싸게 뛰어왔다.

채나 당당인 오동광 PD가 휴대폰을 받아 채나에게 얼른 건네줬다.

"급한 일인가 봐? 나한테까지 전화하셔서 바꿔 달라고 하시는 걸 보면 말야."

"헤헤, 보나마나 행사 뛰라는 거지, 뭐!"

문 차장이 미소를 지으며 한마디 했고 채나가 아무것도 아니라는 손을 저으며 전화를 받았다.

우리나라 국민 모두가 아는 사실이지만 채나는 휴대폰 잃어버리기 세계 챔피언이었다.

그 사실을 탁 국장부터 〈블랙엔젤〉 스태프들이 모두 알고 있었고 블랙엔젤 스태프들의 휴대폰은 곧 채나 휴대폰이었다.

"9월 8일 밤. 부산 해운대. 재미있겠네. 얼마? 5억? 명품관 모델료까지 포함해 12억?"

"어어어어억!"

채나의 입에서 12억 소리가 튀어나오자 오동광 PD를 비롯해 문 차장, 황보순 작가, 지상욱 등의 턱이 억 소리가 길게 이어지며 뒤틀렸다.

지금 채나 옆에 모여 있는 사람들은 방송계와 연예계에서 밥을 먹고 있다.

채나의 통화 내용 정도는 눈과 귀를 막고 들어도 간단히 읽을 수 있었다.

채나가 어떤 행사에 초청됐다는 것.

개런티가 억대라는 것.

"에헤헤! 달러로 계산해야 확실히 감이 와. 아직 원화에 익숙하지 않아서 많은지 적은지 모르겠어. 근데 행사 진행은 누가 한대? 필신이로 하라 그래! 아님 나 안 가! OK?"

채나가 단호하게 한마디를 날리고 곧 바로 휴대폰 번호를 눌렀다.

"웅! 9월 8일 롯데백화점 7시. OK?"

"푸우―"

채나의 통화 소리를 귀전으로 듣던 지상욱이 허공을 보며 길게 한숨을 내쉬었다.

강동아도 이제 맛 갔나?

요새 통 안 풀리네.

여기저기 쫓아다니며 열심히 로비도 하고 하던데 하필 김채나한테 걸려서…

저 전화 한통으로 부산 롯데백화점 행사 사회자는 연필신으로 결정됐어.

대한민국 코미디계의 거물인 강동아는 K7 소속 개그맨으로 지상욱과는 아주 가까운 사이였다.

돌아오는 9월 8일에 거행되는 부산 롯데백화점 해운대 행사.

50억 원을 쏟아붓는 매머드 급 행사여서 연예인들의 초미의 관심사가 된 지 오래였다.

"죄송! 똥광 오빠 휴대폰으로 하라고 그렇게 말해도 참……."

채나가 미안한 듯 머리를 긁으며 휴대폰을 문 차장에게 건네줬다.

"아이고, 됐어, 채나 씨! 한두 번 내 휴대폰을 사용했나? 새삼스럽게 뭘 그래?"

"헤헤헤, 강 관장님의 펀치 드링크가 범인이야!"

"그건 그렇고, 강 관장님 전화, 부산 롯데백화점 오픈 행사 말씀하신 거야?"

문 차장이 휴대폰을 빌미로 스태프들 모두가 궁금해하는 질문을 던졌다.

"응! 해운대에 와서 노래 좀 불러 달래. 간만에 목 좀 풀고 오지 뭐. 생선회두 잔뜩 먹고."

"12억은… 또 무슨 말이야? 백화점 행사 비용 얘기야?"

문 차장의 결정적인 질문에 스태프들의 귀가 당나귀 귀만큼 커졌다.

"그게 아니고, 내 개런티… 부산이 멀긴 하지만 팬들이 날 보고 싶다니까 가야지!"

우지직!

채나가 대답을 하다가 분위기를 눈치채고 살짝 말을 돌렸지만 이미 늦었다.

오 PD를 비롯해 스태프들의 아까 빠졌던 턱이 다시 제자리로 돌아왔다.

황보순 작가가 두 손을 번쩍 들었다.

"항복! 진짜 채나 씨 쩐다! 쩔어! 무슨 개런티가 한 자리도 아니고 두 자리 억이냐?"

"김채나 씨─ 당장 한턱내."

지상욱이 달라붙었다.

"아써! 이따가 짜장면 쏠게."

"아후후… 또 지겨운 짜장면? 하여튼 자린고비 따로 없어."

황보순 작가가 투덜댔다.

"필신 씨도 함께 가는 거야? 채나 씨!"

이번에는 황보순 작가가 지상욱이 가장 알고 싶은 질문을 던졌다.

따르르릉… 다시 문 차장의 전화가 울렸다.

이번에는 진동이 아니라 벨이었다.

"하하하, 관장님도? 괜찮습니다! 제 전화가 채나 씨 전화죠 뭐! 그렇게만 전해주면 되죠? 들어가세요!"

"헤헤, 관장님이 대신 대답해줬네."

"그래! 지금 필신 씨로 확답 받았대."

"당연하지. 그까짓 행사 진행 뭐 있어? 고품격 개그우먼이 면 넘쳐도 한참 넘쳐!"

채나가 마치 행사를 기획하는 감독처럼 단언했다.

"어? 야! 스노우— 너 또 축구공 가지고 노는 거야? 그거 임 마 흙 묻어서 안 된다고 했잖아, 어후!"

채나가 황급히 운동장 저쪽으로 스노우를 쫓아갔다.

"맞아! 그까짓 행사 영어로 진행하는 것도 아니고 어렵지 않지. 그래서 더 문제야!"

문 차장이 지상욱을 쳐다보며 쓴웃음을 지었다.

"우리나라 연예계에는 연필신 씨 수준의 개그맨들이 수두 룩하다는 게 더 큰 문제구요."

지상욱이 떫은 표정으로 말을 받았고,

"결국 누구 빽이 세냐 이건데? 구로동 꺽다리 아줌마가 빽 이 젤 세네요."

아쉬운 듯 입맛을 다셨다.

"채나 씨 말 한마디에 50억짜리 매머드 행사의 사회자가 낙점되는 판이니 가히 연예계의 큰손이야, 큰손! 핫핫핫!"

문 차장이 연신 감탄사를 토한 후,

"필신 씨가 많이 부럽네요. 저도 채나 씨 같은 친구가 있었다면 벌써 우리나라에서 내로라하는 작가가 됐을 텐데 말이에요."

"뭔 소리야? 황보 작가나 나나 채나 씨 신세졌잖아? 지금도 지고 있고! 〈블랙엔젤〉이 채나 씨 덕분에 방방 뜨는 거 몰라?"

황보순 작가에게 채나의 은혜(?)를 상기시켜 줬다.

"까르르르! 충분히 말이 되네요."

황보순 작가가 환하게 웃자 조명등에도 환하게 불이 들어왔다.

"자아! 마지막으로 리허설 한 번하고 다시 슛 들어가자고!"

문 차장이 대본을 펼쳤다.

*　　　*　　　*

척!

전경대원 한 명이 채나에게 전투복과 사인펜을 내밀었다.

"사, 사인 좀 해주세요. 누나?"

"누나? 나보다 훨씬 나이가 많아 보이는데?"

채나가 전경대원을 째리며 인상을 구겼다.

"킥킥, 애가 좀 오래돼 보여도 중앙대학교 1학년 다니다가 엊그제 입대했어요."

또 다른 전경대원이 다가오면서 보충설명을 했다.

"이름이 뭐야?"

"이경 노인래입니다!"

노인래 이경이 씩씩하게 대답했다.

전투경찰대원의 계급은 이경, 일경, 상경, 수경으로 나뉜다.

이들은 경찰에서 근무하는 것으로 군복무를 대신했기에 모두 젊은 청년이었다.

"노인네? 노인래? 얼굴하고 이름이 딱이네."

"크크크!"

〈노인네! 복무 끝날 때까지 죽지 말고 중앙대학교 캠퍼스에서 다시 만나. 채나〉

채나가 전투복 가슴에 코믹한 격려사와 함께 사인을 해줬다.

노인래 이경이 전투복을 가슴에 꼭 안고 존경하는 표정으로 채나를 바라보았다.

"누, 누나! 진짜 우리 학교에 오실 거예요?"

"축제 때 불러. 꼭 가마!"

"옙! 제가 복학하면 총학생회에 들어가 기필코 추진하겠습니다. 약속드립니다, 누나."

"히히히, 그런 의미에서 노래 한 곡만 불러주세요. 채나 누나!"

아직 여드름이 덕지덕지 난 전경대원이 채나에게 착 달라붙었다.

전경대원들이 채나의 약점을 찔렀다.

누나, 언니 등은 채나가 가장 듣기 좋아하는 소리였다.

"시키야! 여긴 마이크하고 무대도 없잖아?"

"마이크는 여기……."

노인래 이경이 핸드마이크를 잽싸게 건넸다.

노점상들이 물건을 팔 때나 예비군 훈련을 할 때 담당자들이 사용하는 그 마이크였다.

"잠시만 기다려 주세요, 누나! 무대는 곧 완성됩니다."

이어 여드름투성이 전경대원이 다시 씩씩하게 외쳤다.

중고등학교 조회시간에 교장 선생님이 훈화를 할 때 올라가는 단상.

그 철제 단상을 십여 명의 전경대원이 밀고 왔다.

"오호, 성의가 있네? 그럼 내 촬영 순서도 멀었으니 몇 곡 불러줄까?"

채나가 핸드마이크를 든 채 단상 위로 올라갔다.

채나는 이미 부산 롯데백화점 행사에 가서 생선회를 잔뜩 먹을 생각에 사로잡혀 기분이 한껏 업돼 있었다.

순식간에 수백 명의 전경대원이 단상을 중심으로 몰려들었다.

채나가 핸드 마이크를 입에 댄 채 물어봤다.

"어디 경찰서 소속이야?"

"경기도 수원경찰서 기동대 소속입니다—"

전경대원들이 씩씩하게 대답했다.

"그래? 에이… 이거 귀찮네!"

채나가 핸드마이크를 머리 뒤로 던져 버렸다.

"어후후후, 너무 귀여워! 주머니 속에 넣고 다니고 싶다."

"미쳐미쳐, 졸라 이뻐!"

"꽉 깨물어주고 싶어, 으흐흐흐!"

전경대원들이 채나을 바라보며 뽀글뽀글 거품을 물었다.

"수원경찰서 기동대원 아찌들! 우리 때문에 고생 많아. 그런 뜻에서 내 노래 〈히어로〉를 불러줄게. 박수 살살치는 놈은 뒈질 줄 알아!"

우아아아!

짝짝짝짝!

엄청난 함성과 함께 박수 소리가 수원예고 운동장을 울렸다.

아주 많이 사랑했죠. 밤새 얘길 나누고 그 거리를 걸었죠!

채나가 운동장의 철제 단상에 올라가 무반주에 육성으로 노래를 시작했다.

채나 특유의 미성과 가성이 운동장을 울려 퍼졌다.

불가사의하게도 야외 운동장에서 무반주 육성으로 부르자 그 감동과 매력이 배가가 되었다.

라이브 중에서도 라이브 생생 라이브였다.

…….

숨소리조차 들리지 않았다.

운동장을 꽉 메우고 있던 전경대원, 〈블랙엔젤〉 C팀 스탭들, 담에 올라가 구경하고 있던 팬들까지 모조리 입을 헤벌린 채 채나를 주시할 뿐이었다.

단체로 걸린 패닉상태.

채나가 교주라고 불리는 이유.

왜 억대 개런티를 받아야 하는지 확실하게 보여주는 생 라이브로 진행된 단독콘서트였다.

수원경찰서 기동대원 위문 공연이었고!

모니터에 채나와 노인래 이경이 웃으면서 대화를 나누는

장면이 클로즈업됐다.

뒤이어 핸드 마이크를 든 채나가 연설대에 올라갔다.

채나가 핸드 마이크를 던지는 귀여운 장면이 클로즈업됐다.

채나가 허리를 굽혀 인사를 하고 전경대원들이 우레와 같은 박수를 보냈다.

다시 전경 한 명이 경광봉을 마이크 대신하라고 채나에게 건네줬다.

통!

채나가 경광봉으로 전경대원의 머리통을 때렸다.

전경대원들이 자지러졌다.

단상에 올라간 채나가 노래를 시작했고 때 맞춰 비가 내리기 시작했다.

촤르르륵!

ENG 카메라 한 대가 얼이 빠져 있는 전경대원들의 모습을 클로즈업 시키며 천천히 운동장 전체를 흩어갔다.

또다시 채나가 〈DBS 8시 뉴스〉 헤드라인을 장식했다.

문 차장이 채나가 단상 위에 올라가 노래를 시작하자 〈블랙엔젤〉의 촬영을 멈추고 카메라 감독에게 지시를 해 채나의 모습을 찍게 했다.

동시에 입사 동기인 DBS 보도국의 사회부 엄춘섭 기자에게 전화 한 통을 때렸다.

방금 채나가 빌려 쓴 그 휴대폰으로!

엄춘섭 기자가 DBS 헬기를 타고 정말 하늘을 날아왔다.

〈히어로〉와 〈블랙엔젤〉의 OST곡인 〈끝없는 사랑〉 두 곡이 끝났을 때였다.

엄춘섭 기자가 리허설도 없이 곧 바로 마이크를 잡았다.

비가 내리는 운동장 철제 단상 위에서 채나가 〈더 화이팅〉을 부르며 춤을 췄다.

전경대원들이 웃통을 벗어젖힌 채 비를 맞으며 거의 발광하다시피 채나를 따라서 노래를 부르며 춤을 췄다.

─당신이 노래 한 곡을 부르면 일억 원을 넘게 받는 세계적인 슈퍼스타라고 가정해 봅시다. 그럼 당신은 이런 학교 운동장 한복판에서 비를 맞으며 마이크도 무대도 없이 완벽한 육성으로 관객들에게 노래를 불러주실 수 있겠습니까?

엄춘섭 기자가 마이크를 든 채 비가 내리는 운동장에 서서 멘트를 시작했다.

─정신병원을 가야지 왜 거기서 노래를 부르고 있나구요?

하하하! 본 기자도 그 생각에 동감입니다. 저는 절대 그런 미친 짓을 하지 않을 테니까요. 아주 화려한 무대에서 환호와 박수를 받으며 노래를 해도 수억씩을 안겨 주는데, 왜 미친놈처럼 비가 내리는 운동장 한복판에서 전경대원들을 위해 노래를 불러줘야 하나요?

마이크를 든 엄춘섭 기자가 천천히 비가 내리는 운동장을 걸어갔다.

—그래서 여러분이나 저는 노래를 부르고 몇 억씩 받지 못하는 모양입니다. 하지만 여러분이 지금 화면으로 보시는 이 슈퍼스타는 그렇게 했습니다.

비를 맞으며 열창을 하는 채나의 얼굴이 클로즈업됐다.

—오늘 한낮에 수원의 한 고등학교 운동장 한복판에서 철제단상에 올라가 마이크도 없이 한여름의 비를 시원하게 맞으면서 완벽한 육성으로 무려 네 곡, 앙코르 곡까지 다섯 곡이나 불러줬습니다.

팟!

채나가 허공에서 한 바퀴 회전하며 단상에서 뛰어내렸다.

와아아아! 짝짝짝!

전경대원들이 환성과 함께 박수를 쳤다.

─전경대원 중 한 사람이 재미 삼아 노래를 신청했을 때, 이분은 한 점 망설임이 없었답니다. 어떻습니까? 확실히 본 기자나 시청자 여러분들과는 사고 체계가 많이 다르죠?

수십 명의 전경대원이 빗속에서 채나를 헹가래 쳤다.

─지난번 본 기자는 이 가수분의 공연을 보면서 이런 생각을 한 적이 있었습니다. 이 땅에 노래로써 평화를 전해주기 위해 하늘나라에서 내려온 여신이 아닐까? 오늘 이 가수분께서 빗속에서 노래를 부르는 것을 보고 제 생각에 확신을 갖게 됐습니다. 신은 인간이 하지 못하는 일을 너무나 쉽게 하거든요!

전경대원들이 전투복으로 채나를 감싼 채 비 내리는 운동장을 달려갔다.

─부디 이 위대한 가수 분께서 우리 곁에 오래오래 머물러

계시면서 그 신의 목소리를 들려 주셨으면 하는 것이 이 기자의 소망입니다. 오늘의 하이라이트입니다.

엄춘섭 기자가 엄지를 치켜들었다.

채나가 전경대원들이 폭동진압을 할 때 사용하는 진압봉을 든 채 우뚝 서 있었다.

백여 명의 전경대원이 운동장에 일렬횡대로 머리통을 박고 있었고!

엄춘섭 기자가 살기를 풀풀 날리는 채나에게 마이크를 들이댔다.

─아니, 김채나 씨! 십 분 전까지 만해도 그렇게 열심히 노래를 불러주시더니 왜 이렇게 화가 나셨습니까?

─이 자식들이 자수를 안 해요!

─자수요? 전경대원들이 무슨 죄를 지었나요?

─네! 이놈들은 모두 가수 김채나를 성추행한 용의자들이에요. 이놈들 중에는 아까 헹가래를 쳐주면서 은근 슬쩍 제 엉덩이와 가슴을 더듬은 놈이 있습니다.

─아… 예!?

인터뷰를 하던 엄춘섭 기자가 웃음을 참느라고 얼굴이 벌겋게 변했다.

지켜보던 문 차장 등 〈블랙엔젤〉 스탭들과 사설 경호원들이 낄낄댔다.

　－이상, 수원예고 운동장에서 DBS 뉴스 엄춘섭이었습니다
큭큭!

　빡! 빠빠빡!
　엄춘섭 기자가 웃음을 억지로 참으며 멘트를 마칠 때 화면
뒤로 채나가 진압봉으로 전경대원들을 엉덩이를 두드리는 모
습이 비춰졌다.
　연대회 이장 집에서 염생이와 미꾸라지로 보신한 탓인지
소리가 아주 착착 감겼다.
　이것이 바로 채나가 전경대원들에게 노래 다섯 곡을 불러
준 뒤 빠따를 친 사건.
　그 유명한 〈5억 원짜리 빠따〉 사건의 전모였다.

　　　　　＊　　　　＊　　　　＊

　－9월 8일 롯데백화점 7시.

　〈블랙엔젤〉을 촬영 중이던 채나가 이렇게 한마디 하고 전
화를 끊었다.

아니, 영어도 한 마디 했다.

OK?

오냐, OK! 근데 뭔 OK?

이게 채나식 통화다.

서술어, 목적어, 보어 등등을 생략한 채 딱 주어만 말한다.

주어 또한 거의 부처님 선문답 수준이어서 해독을 하려면 반쯤 죽는다.

채나 알바 매니저를 할 때 이 버릇 때문에 내가 얼마나 고생을 했는지!

혹시 당신은 아시나요?

이게 도대체 무슨 말이죠?

롯데백화점에서 7시에 만나자는 말인가요?

아니면 쇼핑을 하러가자는 말일까요?

전국에 롯데백화점이 한 두 개인가요?

서울에만 해도 서너 개가 되든데. 아니, 일본에도 많다고 하더라구요.

더욱 웃기는 것은 자신이 통화를 아주 간단하고 명료하게 해서 상대방이 잘 알아듣고 굉장히 좋아할 것으로 착각하고 있다는 것이다.

상대방은 머리에 쥐가 날 만큼 고민을 하는데…….

—응! 9월 8일 롯데백화점 7시, OK?

이 말의 뜻은?

다시 물어 볼 수도 없다.

두 번 말하는 것을 무슨 살충제 마시는 것쯤으로 생각하기 때문이었다.

아무리 친구지만 계급이 깡패라서 좀 그렇다. 난 쪼금 스타고 녀석은 슈슈슈슈퍼 스타라서 엄청 부담스럽다.

아무튼 지금까지 나는 그 어떤 사람도 채나에게 두 번 물어 보는 사람을 본 적이 없다.

강 관장님부터 방송사의 PD들, 그 깐깐한 홍 본부장님이나 백 부장님, 탁 국장님도, 계 본부장님이나 심지어 KBC 사장님조차 채나에게 절대 두 번 말을 시키지 않았다.

한참 지난 뒤에 우회적으로 물어볼 뿐이었다.

아! 한 사람 있긴 있다.

미국에 있는 채나 신랑.

케인 박사와 대화를 나눌 때 들으면 완전 닭살도 그런 닭살이 없다.

얼마나 애교를 떠는지 코맹맹이 소리까지 내면서…….

뭐 이 고대 나온 여자 고품격 개그우먼이 참아야지 별수 있나!

결국, 연필신은 파시스트 채나에게 전화 내용을 다시 물어
보지 못하고 꽃무늬 남방 아저씨 강 관장을 찾았다.

무려 일주일이나 지난 오늘 간신히 전화 연결이 됐다.

"아, 네에! 내일 오전 11시에 소공동 롯데호텔 본점 라운지
에서요? 그때 연예인들 미팅이 있다구요? 알겠습니다. 싸랑
해요, 강 관장님!"

휴대폰을 든 연필신의 목소리가 들뜬 채 하이톤으로 변했
다.

"채나에게 고마워하라구요? 히히, 걘 짜장면 좋아하니까
짜장면 곱빼기 사주죠, 뭐."

"비가 와도 무조건 고예요? 정말 그렇겠네요. 98층이니까
일부러 9월 8일로 오픈행사를 잡은 것 같은데… 네네, 그럼
요! 머리통이 깨져도 가야죠."

이십대 초반의 통통한 아가씨, 하선욱이 귀를 쫑긋 세운 채
옆에서 열심히 메모를 했다.

"감사합니다, 관장님! 꼭 만수무강하세요, 히히히, 네!"

연필신이 특유의 웃음을 마구 흘리며 휴대폰을 끊었다.

"다 적었지?"

"네! 언니"

"줘 봐."

하선욱이 방금 기록한 메모지를 연필신에게 건네줬다.

하선욱은 고려대학교 연극동아리 KORI 후배였다.

연필신이 언젠가 말했던 그 쿨한 여자애였다.

고려대 대학원 국문과 1학년 1학기를 마치고 학비를 벌기 위해 알바를 하던 중 연필신의 매니저로 스카우트됐다.

현재 연수 중이었고!

"이렇게 긴 내용을 그토록 간단하게 말할 수 있다니? 역시 외계인이나 부릴 수 있는 재주야."

연필신이 혀를 차며 메모지를 조심스럽게 접어 품에 넣었다.

그리고 고려대학교 정문을 향해 힘차게 전진했다.

"언니… 부산 롯데백화점 오프닝 행사에 초대받으신 거예요?"

지켜보던 하선욱이 바로 찔렀다.

강 관장이 채나에게 12억 원의 잭팟을 안겨줬던 해운대 공연.

연예인들 사이에서조차 화제가 되어 있는 그 행사를 말했다.

"기집애가 눈치는 9단이라니까? 메.인.M.C.로. 간.다!"

연필신이 활짝 웃으면서 한 글자 한 글자 또박또박 끊어서 대답했다.

"만세— 드디어 구로동 꺽다리 아줌마가 부산 자갈치 시장 아지매가 되는구나!"

"우히히히……."

하선욱이 고대 국문과 출신다운 해학적인 문장으로 기쁨을 표현했고,

짝! 연필신과 하선욱이 손뼉을 마주치며 하이파이브를 했다.

"내일 오전에 미팅이 있다는데 오늘 낮에야 소식을 전해 듣다니 참?"

연필신이 고려대학교 중앙 광장의 나무그늘 밑에 주저앉으며 어이가 없다는 듯 고개를 흔들었다.

"완전 몸살 난다, 몸살 나. 하여튼 김채나 알아줘야 돼!"

"롯데 측도 그래요, 언니! 이왕 캐스팅한 거 여유 있게 통보해 주면 좀 좋아요?"

하선욱이 연필신 옆에 주저앉으며 눈을 흘겼다.

"바보야! 그쪽에서 나를 오라고 한 게 아니니까 그렇지."

"그, 그럼 채나 언니가?"

"까놓고 말해서 내가 아직 부산 롯데백화점 행사 같은 큰 잔치에 메인 MC로 나서기에는 스노우 눈물만큼 부족하잖아? 강동아, 유종철 선배 등이 줄줄이 대기하고 있는데… 울 뙈지가 어험 한 번 한 거야. 히히히!"

"쳇! 업둥이라고 연락이 없었던 거구요."

"김채나 부록이니까, 오든지 가든지 니가 알아서 해. 어쩌다 교통사고라도 나서 못 오면 우릴 도와주는 거구. 뭐 이런 거지!"

연필신이 연예계의 냉정한 단면을 왕초보 매니저에게 가르쳐 줬다.

"아무리 그래도 그렇지 너무하네요. 언니가 무슨 듣보잡 개그우먼도 아니고……."

하선욱이 듣지도 보지도 못한 잡 개그우먼이라는 신조어까지 써가며 계속 투덜댔다.

"연예계가 원래 그런 데야. 인기가 곧 계급이고 돈이지! 그래서 채나에게 늘 미안해. 같은 말조차 두 번 하기 싫어하는 녀석이 나 때문에 아쉬운 소리를 하니까."

"하긴 소문처럼 채나 언니와 마마 언니, 가왕까지 초청했다면 메인 MC도 탑 레벨의 강동아나 유종철을 섭외하려 했겠죠."

"히히히, 뻔해! 필신이 쓰라 그래. 아님 나 안 가! 채나가 이렇게 말했을 거야."

연필신이 채나의 말투를 흉내 냈다.

연필신은 확실히 채나 껌딱지였다.

일주일 전 채나가 강 관장에게 했던 그 말을 토씨 하나 틀리지 않고 리와인드시켰다.

"킥킥! 채나 언니가 그렇게 말했다면 꼼짝 마라죠. 채나 언니의 말은 곧 대한민국 연예계의 법이니까요."

"OK! 이 건은 여기까지."

"네, 언니."

연필신과 하선욱이 환하게 웃으며 자리에서 벌떡 일어났다.

* * *

연필신은 이 고려대학교 안암 캠퍼스를 무척이나 좋아했다.

왠지 자신과 궁합이 잘 맞는 것 같았기 때문이었다.

고교 교사라는 안정된 직장을 과감히 접고 본격적인 개그우먼으로 출발을 할 때도 그 결정을 이 고려대학교 안암 캠퍼스 민주광장에서 했다.

오늘도 신기하게 학교 정문에 도착하자마자 일이 확 풀렸고!

그동안 고려대 총학생회 측에서는 고등학교 3학년 때 개그우먼이 된 연필신이 대학에 입학하자마자 인기가 있든 없든 재학생이라는 이유로 학교 행사 때마다 사 년 동안 내리 불러줬다.

　졸업을 했을 때는 동문이라는 이유로 계속해서 불러줬고.

　당연히 충북 영동의 농사꾼 딸인 연필신에게는 큰 도움이
됐다.

　요즈음 연필신은 〈구로동 꺽다리 아줌마〉, 〈신길동 사채
아줌마〉라는 캐릭터로 연일 상종가를 치면서 〈연필신의 좋
은 노래 좋은 음악〉, 〈KK팝〉, 〈수음세〉 등의 MC로 뛰느라
눈 코 뜰 사이 없이 바빴다.

　이런 허접한(?) 대학행사에 쫓아다닐 시간이 없었다.

　하지만, 가을 행사 관계로 모교인 고려대 총학 측에서 부르
자 연필신은 모든 스케줄을 접고 뛰어왔다.

　이제 그동안 모교에 졌던 신세를 갚을 차례였다.

　지금은 갑과 을이 바뀌었지만!

　연필신이 학생회관 건물을 쳐다보며 사랑스러운 미소를
지었다.

　"근데 언니! 티켓 값을 얼마나 넣을까요? 며칠 전에 특별
찬조금으로 오십이나 쏴줬는데 이번엔 좀 살살하죠."

　하선욱이 연필신과 나란히 걸어가며 물었다.

　"백 줘!"

　"배, 백요? 너무 과한 거 아니에요?!"

　"자식아, 우리가 얼마나 어렵게 연극반을 꾸려왔냐?"

"그건 그래요."

고려대학교 연극 동아리 KORI.

연필신이 재학생 때 회장까지 역임했던 단체였기에 모교에 오면 첫 번째로 들렀다.

어쩌다 학교 앞을 지나가기라도 할 때면 어김없이 방문했고!

이 KORI에서는 2개월에 한 번씩 교내 소강당에서 공연을 했다.

뜻있는 선배들은 티켓 값으로 소정액을 지불한 뒤 연극을 관람했고 재학생들은 그 돈으로 동아리를 꾸려갔다.

당연히 티켓 값을 지불한 선배들의 이름은 동아리방에 대문짝만하게 나붙었다.

연필신은 VIP 중에 VIP였다.

연필신과 하선욱이 막 학생회관으로 다가갈 때 저쪽 계단에서 한패의 학생들이 달려왔다.

"어서 오십시오. 선배님들!"

"오시느라 고생했습니다. 필시니 누나, 서우기 누나!"

남녀학생들이 구십도 각도로 허리를 접으며 씩씩하게 인사를 했다.

"고생은 니가 많다, 광복아! 어딜 가도 대가리는 힘들어."

연필신이 빼빼 마른 남학생의 어깨를 툭툭 치며 격려를

했다.

KORI의 회장인 경영대에 재학 중인 김광복이었다.

"고맙습니다, 누나! 안 되면 몸으로 때우겠습니다."

김광복이 씩씩하게 대답했다.

"오냐! 공연 끝나고 할매 집으로 모두 모여라. 니들 좋아하는 막걸리하고 파전 쏜다!"

"아자! 아자! 아자!"

학생들이 환호성을 질렀다.

"이거 필신 언니가 주는 티켓값. 백이야. 아껴 써!"

"우아아아, 연필신 만세!!!"

"역쉬 우리 고대의 태양, 민족의 횃불, 구로동 꺽다리 아줌마시다!"

하선욱이 김광복에게 봉투 하나를 내밀자 김광복 등이 두 손을 번쩍 치켜들면서 만세 삼창을 했다.

"연필신! 연필신! 연필신을 청와대로!"

"연필신을 대통령으로! 연필신을 대통령으로!"

학생들이 일제히 연필신을 연호했다.

"목청 봐라? 막걸리 먹기 싫다 이거지?"

"연필신! 연필신! 연필신"

학생들이 더욱 크게 연호했고,

연필신이 흐뭇한 표정으로 흡사 비행기 트랩에서 내리는

대통령처럼 손을 흔들었다.

돈 잘 버니까 좋네.

배고픈 우리 후배들을 조금이나마 도와줄 수 있고!

7장

천재일우의 기회

인간의 집중력은 어디가 끝일까?

공부에 집중을 해서 책을 내려놓고 일어서는 순간 옷이 썩어 우수수 떨어졌다는 말이 몽땅 구라는 아니다.

연필신의 쌍둥이 동생 골골이 연필심을 보면 쉽게 알 수 있다.

벌써 이십 분 전에 언니인 연필신이 옆에 와 있는데도 전혀 미동도 없이 책을 보고 있었다.

사시 이차 시험 과목 중 하나인 '형사소송법' 이었다.

실은, 연필신이 모교를 자주 찾는 이유 중에 하나가 쌍둥이 동생 연필심 때문이다.

병약한 몸으로 도서관에서 공부에 매달리고 있는 것이 몹시 안쓰러웠다.

삼십 분 언니는 초딩 때와 마찬가지로 여전히 다섯 살 위의 언니였다.

"후우—"

"익! 막걸리 냄새?'

연필신이 얼굴에 대고 입김을 불자 연필심이 인상을 썼다.

"히히, 방해해서 미안!'

"술 먹었구나, 언니?!'

"KORI 시키들하고 한잔했어. 나가자!'

"응!'

연필신이 삼십 분 동생인 연필심을 데리고 도서관을 빠져 나왔다.

연필신은 술을 즐기는 사람은 아니었지만 어떤 자리에서 누구와도 대작할 수 있을 만큼 막강한 주량을 자랑했다.

대학시절 연술녀로 통했다.

"연필신 선배, 파이팅!'

"가자 가자, 고품격 개그우먼! 초막강 고대 나온 여자!'

연필신 자매가 폭풍의 언덕길을 내려올 때 연필신을 알아본 고려대 학생들이 가열찬 응원을 보냈다.

"땡큐—"

연필신이 후배들의 응원에 한껏 고무되어 평소 사용하지 않던 어려운 영어를 썼다.

고맙다구!

쌍둥이 자매가 천천히 한여름 밤의 교정을 걸어갔다.

그 옛날 초딩 시절 학교를 오갈 때처럼 손을 꼭 잡은 채.

"총학하고는 얘기 잘됐어?"

동생인 연필심이 물었다.

총학은 총학생회의 줄임 말이다.

"응! 행사 개런티를 조정했어."

"많이 부르지? 학생회비도 인상한다고 난리던데."

"히히, 왕창 불렀어. 대신 이번 가을 행사는 공짜! 밥은 먹었어?"

"방금 엄마가 만들어준 흑염소 중탕까지 한 봉지 흡입했어."

"잘했어!"

쌍둥이 자매가 도란도란 얘기를 나누며 중앙광장의 잔디밭으로 다가왔다.

"이건 이번 달 용돈하고 보너스!"

털썩! 연필신이 잔디밭에 주저앉으며 동생인 연필심에게 봉투 하나를 던졌다.

"헤헤, 용돈에도 보너스가 붙나?"

연필심이 봉투를 받으며 환하게 웃었고,

"오늘 한 건 했어. 무려 육백짜리!"

"어, 언니 이제 행사비를 600만 원씩이나 받아?!"

연필신의 개런티 액수를 듣자 소스라치게 놀랐다.

자신이 알고 있던 액수보다 두 배나 많았던 것이다.

"김채나라고 유명한 에이전트가 꼈거든. 이히히히!"

"아후, 그랬구나? 진짜 우린 채나 언니와 전생에 자매였나 봐. 난 채나 언니 회사 법무팀장으로 스카웃됐는데……."

"채나 회사??"

이번엔 연필신의 콩알만 한 눈이 깨알만 해졌다.

"㈜CNA투자금융! 내년에 설립될 회사 이름이래. 체니 언니 재산을 관리할 회사야."

"헤에, 영리한 시키다. 맞아! 돈이 정신없이 들어오는데 개인이 관리하긴 힘들겠지. 어떤 조직에서 해야 될 거야."

연필신이 채나의 껍딱지답게 채나의 계획을 쉽게 읽었다.

주식회사 CNA 투자금융.

맨 처음 채나의 재산을 관리하기 위해서 설립된 회사로서 CNA은행, CNA석유, CNA골드, CNA화학 등 백여 개의 자회사를 거느린 그 유명한 CNA그룹의 모기업이었다.

"대우도 파격적이야. 연봉은 기본 5억에서 출발하고 상무이사 자리를 주겠대."

"와우우, 멋지다! 지난번에 채나가 집에 왔을 때 얘기된 거야?"

"응! 채나 언니가 진지하게 말하더라구. 대한민국의 정의사회 구현을 위해 판검사를 지원한 것이 아니라면 일찌감치 포기하고 자기 일이나 도우래."

"웬 정의사회 구현? 그래서 채나헌티 갈껴? 판검사 포기허구?"

연필신이 술이 알딸딸해진 듯 충청도 사투리가 튀어나왔다.

"채나 언니 말이 농담이 아니라면 지금이라도 가고 싶어!"

"지, 진짜?"

자신의 속내를 쉽게 보이지 않는 연필심이 주저없이 말을 뱉자 연필신이 당황했다.

"언니는 내가 판검사 직무를 성실하게 수행할 수 있을 것 같아? 툭하면 쓰러지는 골골이가."

"······!"

갑자기 연필신의 말문이 막혔다.

판검사들이 얼마나 격무에 시달리는지 연필신은 잘 알았다.

연필신도 많은 명문 대학생이 그러하듯 한때 판검사를 꿈

꾸면서 그 세계를 기웃거린 적이 있었다.

"미국 형부하고 어머님이 세계적인 닥터라면서?"

"그럼 장한국 박사님은 노벨상을 수상한 분이잖아? 이경희 교수님은 서울의대 교수들도 존경하는 분이시래."

뜬금없이 연필심이 화제를 채나의 앤과 엄마에게로 돌렸지만 연필신이 아무렇지 않게 받아줬다.

"그분들에게 꼭 한 번 진찰을 받아보고 싶어. 도대체 왜 난 골골일까?"

"익!"

이번엔 연필신이 말 대신 마른 비명을 토했다.

아주 간단한 얘기였지만 동생의 심정을 충분히 이해할 수 있었기 때문이다.

연필심은 어릴 때부터 툭하면 쓰러져서 병원을 안방처럼 드나들었다.

몸이 많이 좋아진 지금도 가족들은 늘 걱정을 했다.

장본인인 연필심은 오늘 처음 심정을 토로했고!

"네 말뜻… 알겠다. 채나 일을 도와주고…….."

"내가 부탁하면 채나 언니는 당장 날 데리고 미국으로 갈 거야. 그 성격을 알기 때문에 정당한 대가를 지불한 뒤 부탁하고 싶어. 물론 어머님하고 형부에게도 최대한 성의를 표할 거구!"

"미안하다. 솔직히 난 거기까지 생각 못했어."

"후우! 내가 더 미안하지. 언니는 지금도 나 때문에 고생하잖아?"

언니가 솔직히 사과했고 동생이 쿨하게 받았다.

"근데 언니 이런 게 플라시보 효과라는 건가 봐? 노벨상을 수상한 세계적인 유명의사를 만난다는 생각만으로도 몸이 가뿐해지는 거 있지!"

"……!"

연필심이 정말 플라시보 효과를 느끼고 있는 듯 아주 해맑게 웃었고,

"벌써 삼십 분이나 놀았네. 나 그만 공부하러 갈게. 이따 집에서 봐, 언니!"

손목시계를 쳐다보며 말했다.

"그려 쉬엄쉬엄허여!"

"히히이!"

연필신이 아빠인 연대희 이장 말투를 흉내 내자 연필심이 까르르 웃으며 뛰어갔다.

"채나라면 저 녀석이 원하는 모든 것을 해줄 수 있을 거야. 꿈도 건강도……."

연필신이 연필심의 뒷모습을 쳐다보며 고개를 주억거렸고,

"근데 이 기분은 뭐야? 왜 저 녀석을 때지에게 뺏긴 기분이 들지?"

툴툴거리며 자리에서 일어났다.

확실히 이 고려대학교는 쌍둥이 자매와 궁합이 잘 맞았다.

아주 중요한 일들은 꼭 이곳에서 결정됐다.

*　　　*　　　*

3박 4일 우스타 수음세 청춘의 행진곡.

15.2%, 15.7%, 19.4%, 12.5%

툭!

큼직한 손 하나가 숫자들이 빽빽이 적힌 A4용지를 책상 위에 던졌다.

곧 바로 큼직한 생수통을 집어 들었다.

1.5리터짜리 생수 반통을 그대로 들이켰다.

"푸후―"

홍의천 예능본부장이 DBS 일산사옥 2301호실에서 창밖을 바라보며 한숨을 내쉬었다.

"몸속에서 타는 불은 물이 아니라 술로 꺼야 한다더니 그 말이 맞구만!"

마음 같아서는 독한 양주를 원샷하고 싶었지만 차마 그렇게 하지 못했다.

벌컥벌컥!

홍 본부장이 남은 생수를 마저 들이켰다.

1.5리터짜리 물통을 모조리 비웠는데도 타오르는 불길이 좀처럼 식지 않았다.

아니, 점점 더 활활 타올랐다.

지금 이 순간에도 끝없이 추락하는 DBS 예능 프로그램의 시청률 때문이었다.

처음 〈김채나 우스타 자진하차〉 사건이 터진 직후 〈우스타〉에서 시작된 시청률 하락 현상이 예능본부 전 프로그램으로 번지면서 그때부터 오늘까지 한 주에 4%에서 5%까지 무섭게 떨어졌다.

오죽 속상했으면 새벽부터 냉수를 끝없이 들이켤까?

무슨 방법을 쓰든 떨어지는 시청률을 잡아야 한다.

절체절명의 과제였다.

냉수로 주말을 보낸 홍 본부장이 월드컵의 열기가 점차 가시고 있는 팔월 첫째 주 월요일 아침 일곱 시에 DBS 예능본부 긴급임원회의를 소집했다.

…….

"백 부장! 〈우스타〉 최고 시청률이 얼마였었지?"

홍 본부장이 한 손에 생수병을 든 채 창밖을 내다본 지 오분 만에 입을 열었다.

"김채나 씨가 마지막으로 출연했던 7라운드 셋째 주 경연에서 68%를 찍었습니다."

"으으윽!"

백 부장이 이십여 명의 DBS 예능본부 임원과 함께 사무실 중앙에 놓인 원탁 앞에 앉아 침울한 목소리로 대답했고 누군가 신음을 토했다.

"허허허! 68%, 68%! 정말 꿈에 숫자구만 꿈에 숫자야. 맞아! 그래서 그 뒤로 국민예능이라는 별칭이 붙었지. 삼천만 명의 대한민국민이 〈우스타〉를 본다고!"

"그다음 주 화요일 날 저는 미국 CNN방송과 인터뷰까지 했습니다. 절 미러클 PD라는 부르더군요. 전 아직도 그때 인터뷰한 내용을 생생히 기억하고 있습니다. 후우……."

"양 국장! 지난주에 〈블랙엔젤〉 시청률 얼마 나왔나?"

"…53%. 찍었다는 보고를 받았습니다."

예능1국장인 양 국장이 오만상을 찌푸린 채 대답했다.

"그런가? 무려 200억 원을 쏟아붓고 골든트라이앵글 멤버라는 김채나, 박지은, 정희를 출연시키고도 〈우스타〉의 신기록을 깨지 못했단 말이지? 드라마라는 막강한 화력을 장착했음에도 불구하고 말이야."

"〈우스타〉가 무섭긴 무서웠습니다. 어느 방송사의 드라마든 예능이든 〈우스타〉의 68%는 넘사벽이니까요!"

"왜 KBC에서 깼잖아? 지난번 〈KK팝 멘토들의 공연〉에서 말야."

양 국장이 넘을 수 없는 사차원의 벽이라는 난해한 말을 쓰며 〈우스타〉의 위대함을 강조하자 홍 본부장이 살짝 반론을 제시했다.

양 국장이 쓴 무섭긴 무서웠다라는 과거식 표현이 마음에 들지 않았기 때문이다.

〈우스타〉는 현재도 씩씩하게 방영되는 TV프로였다.

"개새끼 본부장이 친 구라입니다. 71%를 찍었다고 하는데 도저히 믿을 수가 없습니다. 아무리 대한민국의 인기가수가 총출동하고 서울시 인구 삼분지 이가 관람을 했다고 해도 그렇지 어떻게 전국 시청률 70%를 넘을 수 있겠습니까?"

"양 국장 말이 맞습니다. 〈KK팝〉은 50% 이상 찍은 적도 몇 번 없었습니다. 꾸준히 40% 이상 찍는 것이 부럽긴 합니다만……."

양 국장과 백 부장이 〈우스타〉의 주역들답게 열심히 〈우스타〉를 감쌌다.

"뭐 구라든 뻥이든 다 좋아."

홍 본부장이 의자에 앉았다.

"내가 말하고자 하는 것은 예능프로도 제대로만 만들면 시청률을 천정부지로 올릴 수 있다는 사실이야. 〈우스타〉와 〈KK팝〉이 그 좋은 예지."

"……."

"사실 예능프로 특성상 전국 시청률을 15% 이상 찍었다면 좋은 성적은 아니지만 결코 나쁜 성적도 아니야. 문제는 계속해서 시청률이 떨어지는데 있어. 지난 유월부터 지금까지 한 번도 올라가지 못하고 끝없이 떨어지고 있잖아?"

"……!"

홍 본부장의 얼음장처럼 차가운 음성이 DBS 예능본부 임원들의 심장을 찔렀다.

끝없이 떨어지는 시청률.

언젠가 KBC에서 벌어졌던 그 무서운 일이 DBS 예능본부에서도 벌어지고 있었다.

"백 부장!"

"예, 본부장님!"

"시청률이 68%까지 올라갔던 프로가 15%까지 떨어진다는 게 말이 되나? 아무리 세계적인 스타인 김채나가 빠져나갔다곤 하지만 난 이해가 안 돼."

"죄송하다는 말씀밖에 드릴 말씀이 없습니다."

백 부장이 고개를 푹 숙였다.

"곽 차장!"

"예! 본부장님."

"이럴 때 자네가 한 방 터뜨려 줘야지. DBS 간판 PD가 지금 뭐하는 거야? 그나마 〈수음세〉가 20% 언저리에서 맴돌고 있다고 뒷짐 지고 있는 거야 뭐야?"

"변명입니다만 한 말씀드리겠습니다. 본부장님께서도 잘 아시다시피 같은 방송사의 예능 프로는 묘하게도 같이 죽고 같이 사는 특성이 있습니다. 본사 차원에서 총력을 다해 어떤 돌파구를 열 필요가 있다고 생각합니다."

곽 차장이 특유의 차분한 어투로 자신의 의견을 밝혔다.

"본사 차원에서 총력을 다한 돌파구라?"

"예! 타 방송사를 예를 들어 좀 그렇습니다만……."

"괜찮아. 지금 찬밥 더운밥 가릴 때야. 자세히 브리핑 해 봐!"

"KBC의 예능프로 심지어 드라마 교양 시사프로까지 고사 직전이었습니다. 그때 〈KK팝〉이란 프로가 뜨면서 아이러니하게도 예능부터 드라마 심지어 뉴스 프로까지 시청률이 마구 뛰었습니다. 이것이 뜻하는 것은……."

"전 국민적인 관심을 끌 수 있는 간판 프로가 필요하다?"

"그렇습니다. 본부장님!"

"좋아. 모두 곽 차장 말 잘 들었지? 다음 주 월요일 이 시간까지 보고서 작성해서 이 방으로 가져와. 알았나?"

"옛! 본부장님!"

곽 차장을 비롯한 예능본부 간부들이 일제히 대답했다.

똑똑!

이때 노크 소리와 함께 DBS 제복을 걸친 이십대 아가씨가 들어왔다.

"뭐야! 지금 회의 중인 거 몰라?

"죄송합니다, 본부장님! 방금 회장님께서 모두 사내 식당으로 내려오라고 하셨습니다."

"회장님께서?! 아침부터 무슨 일이시지?"

"용건은 말씀하지 않으셨습니다."

"알았어. 곧 내려간다고 말씀드려!"

"네에! 본 부장님."

이십대 아가씨가 공손히 목례를 한 후 몸을 몰렸다.

"별일이군. 이렇게 일찍 회장님이 출근하시다니?"

"아마 〈블랙엔젤〉 촬영장에 들리셨다가 이쪽으로 오신 것 같습니다."

양 국장이 고개를 주억거리며 대답했다.

"그럼 〈블랙엔젤〉팀 또 날 밤 간 거야?"

"탁 국장 스타일이 원래 그렇잖습니까? 한번 불이 붙으면 열흘이고 한 달이고 계속하고 쉴 때는 일주일씩 쉬고."

"하긴 노름할 때도 그렇게 하더라. 대가리 깨질 때까지 고야!"

"하하하!"

양 국장 등이 가볍게 웃음을 흘렸다.

"회장님께서 시청률 떨어졌다고 아침부터 깨신 모양이다. 모두 마음 독하게 먹고 식당으로 내려가자구."

"예예!"

양 국장 등이 도살장에 끌려가는 소처럼 홍 본부장 방을 나섰다.

홍 본부장의 예상이 빗나가기를 고대하면서!

*   *   *

"아아 마음 놔! 자네들 깨려고 새벽부터 쫓아온 거 아냐. 〈블랙엔젤〉 촬영지에 잠깐 들렀다가 불현듯 회사가 궁금해서 와 봤어. 새벽부터 모여 일하는 것이 기특해서 해장국이나 한 그릇씩 사주려고 불렀고!"

뜻밖에도 DBS 김태형 회장의 얼굴이 밝았다.

"후우—"

여기기서 안도의 한숨이 튀어나왔다.

"허허! 많이 겁먹었습니다. 시청률 떨어졌다고 또 혼내실까 봐요."

"사람도! 우리가 장사 한 두 번 해봐? 시청률이라는 건 롤러코스터야. 떨어질 때가 있으면 오를 때도 있는 거야. 또 예능 쪽이 못하면 드라마 쪽에서 받쳐주고 드라마가 못하면 예능 쪽에서 밀어주는 거지 뭐. 젊고 머리들 좋잖아? 중지를 모으면 좋은 아이디어가 떠오르겠지."

"오늘 회장님 컨디션이 아주 좋으신 것 같습니다. 무슨 일이십니까?"

김태형 회장의 목소리가 경쾌하자 홍 본부장이 감을 잡았다.

"껄껄껄! 솔직히 고백하지. 내년 봄에 코스닥에 상장하기로 했어."

"어이쿠— 그럼 우리 회사 규모가 엄청 커지겠군요."

"커지는 정도가 아니지. 이제 전 국민이 우리 회사의 주인이 되는 거야. 기대해도 좋아. 직원들 전체에 스톡옵션인가 뭔가 직급별로 주식도 상당액 돌아갈 거야."

"와아아아!"

임원들이 환호를 했다.

"야, 남 차장!"

"예예, 회장님!"

"제일 쫄다꾸가 뭐해? 선배들한테 주문 받아서 밥을 시켜야지. 이런 것도 홍 본부장이 지시해야 돼?"

"죄송합니다, 회장님! 제가 잠시 흥분해서 그만……."

남 차장이 후다닥 자리에서 일어났다.

"저거 차장 시켜줬더니 본부장이고 국장이고 뵈는 게 없어. 각만 딱 잡고 앉아 있네!"

"아하하하!"

김태형 회장의 너스레에 홍 본부장 등이 폭소를 터뜨렸다.

"말이 나온 김에 자네들에게 좋은 소식 몇 가지 전하지."

김태형 회장이 새삼스럽게 예능본부 임원들을 쓰윽 훑어봤다.

"우리 회사의 상장을 자축하는 뜻에서 연말에 대대적인 인사가 있을 거야. 먼저 자네들의 대장인 홍 본부장은 전무이사로 승진시키기로 했어."

"허어― 축하드립니다, 홍의천 전무이사님!"

홍 본부장의 승진 소식을 듣고 맨 먼저 양 국장이 전무이사를 강조하며 씩씩하게 인사를 건넸다.

"회장님도 참! 전무이사는 좀 그렇지 않을까요? 장 선배도 있고."

홍 본부장이 양 국장의 인사를 귀전으로 흘리며 선비답게 사양지심을 발휘했다.

"장재홍이? 그 뺀질이는 안 돼. 갠 본부장으로 끝이야. 그

놈 지금 어디 있는 줄 알아?"

"또 해외 출장 갔습니까?"

"프랑스에 있어. 〈블랙엔젤〉 B팀이 파리에서 촬영 중 이거든. 걔들 격려한다는 명분하에 나갔어."

"그, 그거야 드라마 본부장이니까 어쩔 수 없잖습니까?"

"그건 나도 알아! 근데 꼭 마누라까지 달고 가야 되나? 부부동반해서 격려를 해야 드라마가 잘되냐구?"

"큭큭큭……."

홍 본부장등이 쓴웃음을 흘렸다.

"자식이 기회만 있으면 외국으로 튄다니까. 어찌어찌 실적을 내니까 콱 자를 수도 없구 말야. 아주 짜증나는 놈이야!"

"하참, 장 선배는……."

"아무튼 당신 같은 유능한 인재가 경영에 직접 참여해서 나를 도와줘야 돼."

"이거 아침부터 어지럽군요. 저 친구들 기합 좀 주려고 비상을 걸었는데 말입니다."

홍 본부장이 우회적인 표현으로 승진에 대한 감사를 표했다.

"양 국장은 당연히 홍 본부장 자리로 올라가서 예능본부를 맡고!"

"메이저 방송사 본부장 중에서 제가 제일 젊겠군요. 고맙

습니다, 회장님! 홍 본부장이 쌓아 놓은 업적에 누가 되지 않
도록 열심히 하겠습니다."

양 국장이 누가 자리를 빼앗아 갈까 봐 걱정이 되는지 즉각
쐐기를 박았다.

"암, 그래야지! 한데 박 국장은 어떻게 된 거야. 아직도 차
도가 없나?"

"조금 차도가 있습니다만 제대로 거동하기까지는 시간이
많이 걸린답니다. 뇌경색이 보통 무서운 병이 아니더군요."

"민망하구먼! 아픈 사람한테 사표를 내라고 할 수도 없고.
그렇다고 벌써 일 년이 다 돼 가는데 계속해서 2국장 자리를
공석으로 놔둘 수도 없잖아. 홍 본부장?"

"곧 사표를 내도록 조치하겠습니다. 총무국장과 의논해서
섭섭하지 않을 만큼 퇴직금을 지불하는 형식으로 말입니다."

김태형이 회장이 병가 중인 박 국장 문제를 거론했고 홍 본
부장이 해결책을 제시했다.

"그래, 그렇게 해. 한 사람의 인력이 아쉬운 때에 국장 자
리가 공석으로 있다는 건 말이 안 되잖아?"

"예, 회장님!"

"그럼 박 국장 자리는… 이봐, 오 부국장! 당신 국장자리 주
면 잘할 자신 있어?"

"일단 줘 보시지요. 죽기 살기로 하겠습니다."

"껄껄껄! 저 패기 하나는 진짜 마음에 들어. 그럼 당신이 내년 일월 일일부터 예능2국장 자리 맡아서 한번 해봐."

"고맙습니다. 회장님 덕분에 드디어 별을 다는군요. 절대 실망시켜 드리지 않겠습니다."

"좋아! 그럼 1국장 자리만 채우면 되겠구만."

김태형 회장이 흐뭇한 표정으로 오 부국장을 쳐다보며 고개를 끄덕였고,

"부국장은 한 명도 없지? 부장은 몇 명이나 되나?"

다시 홍 본부장을 보며 질문을 던졌다.

"올 봄 정기인사 때 승진한 백 부장까지 모두 네 명입니다."

"그래? 내부에서 승진시키는 게 내 인사 철칙이야. 부국장이 없으면 부장 중에서 한 사람을 뽑아 국장시키면 되지 뭘! 안 그래, 홍 본부장?"

"물론입니다. 뭐 다른 본부의 부국장을 승진시켜서 전보발령을 내도 괜찮습니다만 아무래도 조직의 단합을 위해 같은 본부에서 승진을 시키는 게 좋을 듯싶습니다."

"맞아! 게다가 여기가 그 유명한 백치호가 있는 예능본부가 아닌가?"

"그, 그렇게 유명하진 않습니다. 회장님!"

백 부장이 얼굴을 붉히며 머리를 긁적였다.

"껄껄껄! 당신 확실히 괜찮은 사람인가 봐? 오늘 〈블랙엔젤〉 촬영장에서 김채나 만났는데 당신 국장으로 진급시켰냐고 묻더라고!"

"어이구, 참! 채나 씨는 민망하게 왜 자꾸 그런 소리를……"

백 부장이 싫지 않은 표정으로 말했다.

"아냐! 난 지금도 잊어버리지 않고 있어. 언젠가 회식자리에서 김채나가 발딱 일어나 당신 일 잘한다고 진급시켜 달라고 하던 말 말야."

"채나는 아직 이십대 초반의 젊은 애입니다. 객기로 얼마든지 할 수 있는 말이지요."

홍 본부장이 은근히 채나를 위해 실드를 쳤고,

"이 사람아! 그 여자애가 자네 딸이나 내 조카처럼 평범한 대학생인 줄 알아? 온 세계가 주목하는 일거수일투족이 곧 바로 뉴스가 되는 엄청난 놈이야."

홍 본부장처럼 김태형 회장도 여전히 채나교도였다.

"난 지금이라도 녀석이 예능3국을 만들어 달라면 만들어 줄 준비가 돼 있어. 그런 녀석이라면 인재를 보는 눈이 우리와 많이 다를 수도 있고!"

"……!"

김태형 회장의 말에 사내 식당이 아주 미묘한 침묵에 휩싸였다.

채나에 대한 칭찬 같았지만 주의 깊게 들어보면 백 부장에 대한 칭찬이었다.

곧 미묘한 침묵의 이유가 밝혀졌다.

"백 부장!"

"예! 회장님!"

"너 충남대 법대 출신이지?

"그렇습니다. 저도 시골에서는 공부 좀 한다는 소리를 들었는데 서울대 갈 자신은 없고 해서 지원했습니다. 다녀보니까 아주 괜찮은 대학 괜찮은 학과였습니다."

"좋지, 좋아. 김채나 말대로 지방대학 출신 국장도 한 명쯤 있는 것도 괜찮아! 외부에서 볼 때도 모양이 좋고. 일류대학 출신들에게 경각심도 심어줄 수 있고 말야."

"……!"

미묘한 침묵은 금세 놀라움으로 바뀌었다.

백 부장은 국장 칠부 능선까지 올라갔다.

"알았어. 백 부장!"

"예! 회장님!"

"자네도 여기 있는 부장들과 똑같이 예능1국장 후보야. 기다려봐!"

"고, 고맙습니다. 회장님!"

당사자인 백 부장조차 놀라서 말이 떨려 나왔다.

"잠시 실례하겠습니다."

위생복을 걸친 도우미들이 식탁 위에 음식들을 내려놓았다.

"오, 그래! 아침에는 그저 이 콩나물 해장국이 그만이야."

김태형 회장이 미소를 띠며 수저를 들었고,

"자, 식사들 하자고. 밥부터 먹고 천천히 일들 해!"

"예, 회장님!"

"잘 먹겠습니다 회장님!"

홍 본부장 등이 의례적인 인사를 하며 식탁 앞으로 몸을 당겼다.

하지만 김태형 회장 등을 제외한 아무도 밥을 제대로 먹지 못했다.

지금 홍 본부장을 비롯한 DBS 예능본부의 차장급 이상 모든 간부의 머리가 현기증이 날 만큼 돌아가고 있었다.

백 부장이 부장으로 승진한 것은 지난봄이었다.

채 육 개월이 되지 않았다.

한데 김 회장은 부국장 국장보를 건너뛰고 국장으로 다시 승진시키겠다는 뉘앙스를 풍겼다.

파격 중에 파격!

채나의 힘이 얼마나 굉장한지 실감하는 순간이었다.

＊　　　＊　　　＊

섭씨 37,9도.

오늘 한낮 서울의 기온이었다.

기상관측 사상 최고의 기온이라고 뉴스에서 난리였다.

누구 말대로 월드컵에서 우리나라가 4강에 그친 것에 하늘과 땅도 열을 받았는지 전국이 절절 끓는 가마솥으로 변해 있었다.

하지만 이 가마솥의 온도도 대한방송사 DBS 〈우스타〉의 책임 PD 백치호 부장의 체온보다는 낮았다.

지금 백 부장의 체온은 무려 40도가 넘어서 오한이 날 지경이었다.

"14,8%… 지난주에 이어 또 0,9%가 떨어졌구만!"

쫘악! 백 부장이 숫자들이 빽빽이 적힌 서류 한 장을 신경질적으로 찢어버렸다.

방송사 PD들의 평생의 라이벌이요, 직업병인 시청률!

백 부장이 맡은 〈우스타〉의 시청률이 서울 날씨와는 정반대로 계속해서 떨어지고 있었기 때문이다.

"지난주 〈KK팝〉의 시청률이 얼마나 나왔냐? 전 PD!"

백 부장이 승용차 조수석에 앉아 있던 전태권 PD를 바라보며 물었다.

"토요일 날은 46.2% 일요일은 55.7% 찍었습니다. 부장님!"

"일요일 날 55.7%를 찍었어?! 완전 우리 〈우스타〉 전성기 때 성적표구만."

전 PD의 거침없는 대답에 백 부장이 당황했다.

"아무래도 일요일 날은 채나 씨와 빅마마가 출연하니까 토요일보다 시청률이 훨씬 높습니다. 두 사람이 티격태격하면서 심사평을 하는 컨셉이 시청자들에게 잘 먹히구요."

"그래! 나도 모니터링했어. 채나 씨 특유의 엉뚱하면서도 재치 있는 리액션과 멘트들이 죽여 주더라구. 받아치는 빅마마 역시 대배우의 역량을 유감없이 보여주고!"

"〈KK 팝〉을 모니터링할 때마다 열 받습니다 왠지 도둑맞은 기분이 들어서요. 채나 씨가 하차만 안 했어도 〈우스타〉 시청률 100%가 꿈이 아니었을지도 모르는데……."

"그 얘긴 이제 그만하자, 전 PD! 난 지금도 방송에 나오는 채나 씨를 보면 헷갈려. 왜 채나 씨가 저기 앉아 있는지?"

…….

백 부장이 소황우 PD가 운전하는 승용차 밖으로 한낮의 폭염에 시달리는 가로수를 쳐다보며 씁쓸하게 말하자 후텁지근했던 승용차가 서늘한 영구차처럼 바뀌었다.

정말 〈김채나 우스타 자진 하차〉 사건은 개그맨 신묵이 투덜댄 것처럼 KBC 개그맨 실까지 그 파장이 미쳤었다.

그럼, 〈우스타〉 제작진들은 얼마나 많은 상처를 입었을까?

〈우스타〉 대장인 백 부장이 아직도 정신이 혼미할 정도니 그 파장을 능히 짐작할 수 있으리라.

물론, 요즘 〈우스타〉 시청률이 계속해서 떨어지는 가장 큰 이유가 김채나 하차 건 때문이라는 것을 최고 경영진에서도 알기에 백 부장을 비롯한 제작진들에게 책임을 묻거나 잔소리를 하지는 않았다.

문제는 지금부터였다.

일이 꼬이느라고 그러는지 하필 〈우스타〉의 시청률이 계속 꼴아 박고 있는 이때, 내년 3월에 DBS가 코스닥에 상장된다는 소식이 날아들었던 것이다.

지난주 김태형 회장은 예능본부 간부들을 모아놓고 명확하게 얘기했다.

올 연말에는 DBS창사 이래 가장 강한 인사태풍이 불 것이라고!

더불어 그 자리에서 김태형 회장은 백 부장을 DBS 예능1국장 후보로 올려놓았다.

백 부장은 자신의 인생에 딱 한 번 있을까 말까 하는 천재일우의 기회가 찾아왔다는 것을 직감했다.

백 부장을 비롯한 〈우스타〉 스탭들은 사박 오일 동안 아이디어 회의를 거듭했다.

고심참담 끝에 추락하는 시청률도 잡고 인사권자인 김태형 회장 등에게 보여줄 그럴듯한 아이템을 짜냈다.

"국장이라? 백치호 국장, 백 국장… 왠지 백 부장보다 어감이 훨씬 좋네. 아주 달콤하게 들려. 부드럽고!"

"그럼요. 전태권 대리, 전 대리, 전 PD보다 전 차장이 훨 편하죠! 듣는 사람이나 부르는 사람이나 하하……."

"저도 신입 PD 소리가 지겹습니다. 부장님!"

백 부장이 독백처럼 흘리는 말에 승용차 앞좌석에 앉아 있던 전 PD와 소 PD가 마치 스테레오 사운드처럼 동시에 울었다.

"좋아! 이번 〈우스타 레전드〉 프로젝트를 확실하게 끝내고 〈우스타2〉를 발판 삼아 모조리 승진하자!"

"화이팅, 〈우스타〉!"

백 부장이 한 손을 번쩍 들며 외치자 전 PD와 소 PD가 씩씩한 구호로 화답했다.

"그럼 저도 보조 딱지 떼는 거예요, 부장님?"

"아아, 소영이 넌 신경 꺼! 이미 〈우스타 시즌1〉에서 보여준 능력으로만도 메인작가로 충분해."

"정말요? 부장님! 진짜죠? 부장님!"

"적당한 기회에 본부장님께 말씀드릴 테니까 이번에 〈우스타 레전드〉 판을 멋있게 한번 짜봐."

"넵! 내일도 오늘처럼 DBS에서 해 뜨고 해지는 것을 보겠습니다."

"하하하! 으흐흐!"

백 부장 옆에 앉아 있던 조소영 작가가 계속 철야을 하면서 일하겠다고 맹세하자 전 PD 등이 폭소를 터뜨렸다.

그 말도 많고 탈도 많은 TV 프로그램!

대한민국 방송사의 예능프로에 태풍을 몰고 온 우리들은 스타다, 일명 〈우스타〉.

이 〈우스타〉가 시즌1을 다음 주로 막을 내리고 시즌2로 새롭게 출발한다.

재정비하는 시간에는 〈우스타〉를 결방하지 않고 〈우스타 시즌1의 뒤안길〉이라는 다큐멘터리 식의 프로를 내보낸다.

또 시즌1에서 레전드 무대를 보여줬던 출연진들을 다시 불러 시즌2에 캐스팅된 멤버들과 함께 미국의 뉴욕이나 LA에 가서 〈우스타 시즌2〉를 개막하는 축하 공연을 한다.

이상이 백 부장을 비롯한 〈우스타〉 스탭들이 마라톤 회의 끝에 짜낸 기획안이었다.

지금, 그 첫 번째 작업을 시작하고자 서울 송파의 잠실벌에 도착했다.

8장

우스타 레전드 공연

"후와아아—"

조소영 작가가 차창 밖을 내다보며 탄성을 터뜨렸다.

"세상에! 학생들이 단체로 서울로 수학여행을 왔나 봐요, 부장님?"

"하하하! 미래 정말 장난 아니네. 이 더운데도 저 많은 팬들이 줄을 서 있으니 원!"

백 부장이 흐뭇한 표정으로 차창 밖으로 길게 줄을 서 있는 중고생들을 쳐다봤다.

괜히 좋아서 수다맨 기질이 튀어나왔다.

알다시피 백 부장은 한미래의 큰형부 친구로서 호주에 가 있던 한미래를 우리나라에 불러들여 〈우스타〉 무대에 세웠던 장본인이다.

그 한미래가 채나와 함께 〈우스타〉에서 중도하차 한 후 〈KK팝〉에 멘토로 출현하면서 오히려 그 인기가 폭발적으로 치솟았으니 백 부장은 만감이 교차될 수밖에 없었다.

"우리 조카 놈도 여기 간다고 했는데… 어디 있나?"

"깔깔! 전 PD님 조카도 미래 씨 광팬이구나?"

"자식이 이번에 인터넷에서 발매된 미래 씨 브로마이드 석장을 구했다고 엄청 자랑하더라고. 석 달 동안 모은 용돈 10만 원을 모조리 쏟아부었대."

"브, 브로마이드 석장에 10만 원이래요?!"

전 PD가 한미래의 브로마이드 화보에 대해 설명하자 조소영이 경악했다.

"그것도 싸게 산 거래. 보통 장당 5만 원에 거래된대. 〈여성시대〉나 〈아가씨들〉 거는 5천 원이면 풀세트로 사는데 말이야."

전 PD가 차창 밖을 살피며 말을 이었다.

"와우! 진짜 부장님 말씀처럼 어제의 미래가 아니네요."

"하하하, 녀석도 뜰 때가 됐지!"

백 부장과 조소영이 브로마이드 가격으로 한미래의 무서

운 인기를 실감했다.

브로마이드란 고감도의 인화지를 사용해서 색이 변하지 않는 사진을 뜻한다.

주로 연예인이나 스포츠 스타들의 얼굴 사진으로 통했고!

지금은 열기가 많이 식었지만 한때 우리나라에서는 연예인들 브로마이드 수집 열기가 광풍처럼 몰아쳤던 때가 있었다.

연예인들의 브로마이드 가격은 곧 인기의 척도였다.

그동안 고마웠습니다.
의리에 죽고 의리에 살죠.
한국 가요계의 미래!
한미래와 함께 미래로 갑시다!
2002 한미래 콘서트!

이런 문구들이 인쇄된 거대한 현수막들이 잠실 실내체육관 위를 휘날렸다.

의리에 죽고 의리에 산다.

팬들이 한미래의 이니셜처럼 붙여준 문구였다.

채나가 〈우스타〉에서 하차했을 때 지체없이 따라 나선 사람이 한미래였다.

—그동안 고마웠습니다.

채나가 〈우스타〉에서 자진 하차한다는 성명을 발표한 그 다음 날 한미래가 녹화장에 나와서 딱 이 한마디를 스탭들에게 남기고 DBS 스튜디오에서 사라졌다.

가족처럼 가까웠던 백 부장에게도 쓰다 달다 어떤 말도 하지 않았다.

하지만, 이 한마디가 한미래의 그 많은 안티를 사라지게 했다.

대한민국의 진정한 연예인의 표상으로까지 끌어 올렸고!

오늘 그 어휘들이 패러디되어 한미래의 콘서트 장에 보란 듯이 걸려 있었다.

백 부장등이 예쁜 꽃바구니를 들고 잠실실내체육관의 귀빈실, 한미래의 대기실에 들어섰다.

"아호호호— 치호 형부! 전 PD님, 소 PD님, 소영 언니!"

거울 앞에 앉아 메이크업 아티스트의 도움을 받으며 열심히 메이크업을 하던 한미래가 깜짝 놀라며 일어섰다.

"아아, 됐다 됐어! 일어서서 인사할 거 없어. 바쁜 사람 찾아와서 내가 오히려 미안하다."

"무슨 말씀을 그렇게 하세요? 치호 형부! 저 하나도 안 바빠요. 이쪽으로 좀 앉으세요. PD님들이랑 언니도!"

한미래가 백 부장 일행을 보고 립글로스까지 놓칠 만큼 놀라자 스탭들이 VIP라는 것을 감지하고 재빨리 탁자와 의자들을 세팅하고 음료수 등을 차려냈다.

이것이 백 부장만의 오랜 노하우였다.

섭외를 할 때는 절대 전화로 하지 않았다.

섭외 대상이 한라산 정상에 있으면 한라산 정상까지 갔고 백두산에 있으면 백두산에 직접 가서 만나고 얼굴을 보면서 얘기했다.

그럼 십중팔구는 섭외에 성공을 했다.

"막콘 축하해. 미래 씨! 한 달 동안 고생했어여."

조소영이 한미래에 꽃바구니를 내밀었다.

"아후, 언니는 무슨 꽃바구니를 다? 고마워, 소영 언니!"

한미래가 활짝 웃으며 꽃바구니를 받았다.

마지막 한 번 남은 콘서트 막콘!

한미래는 지난 한 달 동안 대전, 대구, 전주, 부산 등 전국의 사대 도시를 순회하면서 총 여섯 번의 공연을 했다.

오늘 서울 잠실 실내체육관에서 벌어지는 공연이 2002년 한미래 전국 투어의 일곱 번째, 마지막 콘서트였다.

"넘 예쁘다! 이 노란 장미는 내가 제일 좋아하는 꽃인데 소영 언니가 맞춘 거야?"

"제가 어떻게 미래 씨 취향을 알아요? 당근 부장님이 맞추셨죠!"

톡! 한미래가 백 부장의 가슴을 가볍게 때렸다.

"고마워요, 치호 형부! 늘 사랑해……."

"녀석! 나도 미래를 엄청 사랑한다."

백 부장이 한미래가 귀여운 듯 머리를 쓰다듬었다.

"어떤 놈팽이가 우리 막내 처제를 희롱하나 했더니 백 부장이었네?"

짙은 검은색 양복을 걸친 사십대 사내가 경호요원들로 보이는 서너 명의 넝치와 함께 내기실로 들어왔다. 백 부장의 친구인 한미래의 큰형부 ㈜HANA 엔터테인먼트의 대표 이기수 사장이었다.

"고생 많다, 이 사장. 미래 콘서트 대박난 거 정말 축하한다."

"내가 뭐 한 일이 있나? 처제가 고생했지. 와줘서 고맙다, 백 부장!"

백 부장과 이기수 사장이 웃으면서 악수를 교환했다.

"야, 이 사장! 난 진짜 깜짝 놀랐어. 전국 오대 도시에서 개최하는 콘서트 티켓이 단 일주일 만에 매진됐다니 말이야."

"저도 놀랐습니다. 미래 씨가 꽤 인기 있는 가수인 것은 알 았지만 이만 명까지 수용한다는 이 잠실 실내체육관에서 단 독 콘서트를 여는 거물이 될 줄은 상상도 못했습니다."

백 부장과 전 PD 등이 한미래 칭찬을 하며 연신 침을 튀겼 다.

단독 콘서트.

말 그대로 혼자 하는 공연이다.

대부분의 가수들이 독야청청 홀로 무대에 올라가 수많은 관객 앞에서 노래하는 것을 최고의 로망으로 여긴다.

하지만 사람들을 공연장으로 끌어들이는 것은 생각보다 훨씬 어렵다.

공짜로 노래를 들으러 오라고 해도 오지 않는다.

왜 굳이 시간을 뺏겨가면서 소음공해에 시달려?

이처럼 본인 취향이 아닌 노래를 듣는 것은 거의 소음공해 에 준한다.

거기에 돈까지 들고 오라면 돈 대신 몽둥이를 들고 온다.

실제로 이름만 대면 금방 알 수 있는 어떤 일류 가수도 처 음 단독 콘서트를 개최했을 때 관객 숫자보다 무대 위에 있는 세션들의 숫자가 더 많았다는 일화가 있다.

무명 가수의 공연장에 백 명이 넘는 관객을 모였다면 그 가 수는 더 이상 무명가수가 아니다.

일류 가수들조차 천 명 이상의 관객을 불러 모으려면 방송에 나가 열심히 넘어지고 깨지면서 홍보를 해야 한다.

만 석이 넘는 객석을 채우려면??

구라를 좀 섞어서 신이 내린 가수가 아니면 불가능하다.

2002년 현재 대한민국의 가수 중에서 지금 한미래가 공연하는 장소.

약 만 명에서 이만 명까지 수용할 수 있다는 잠실 실내체육관에서 단독 콘서트를 개최해 매진을 시킬 수 있는 사람은 극소수다.

여자 가수 중에는 딱 한 명, 빌보드의 여왕이라는 김채나밖에 없다.

한데, 아이돌 출신의 여자 가수 한미래가 잠실 실내체육관을 꽉꽉 채웠으니!

"아하하! 지방에서는 간신히 만 명 규모의 공연장에서 했는데, 뭐."

"뭐, 뭐 간신히 만 명 규모?! 이 사장 너 지금 자랑하는 거지? 맞지?"

"예예! 자랑 맞습니다, 맞고요! 나도 우리 처제 인기가 이렇게 대단한 줄은 몰랐답니다. 정말 예전엔 미쳐서 몰랐습니다."

이기수 사장의 입꼬리가 귀가를 지나 뒤통수로 돌아가고

있었다.

"어이구, 저 능청! 지랄 말고 술이나 한잔 거하게 사!"

"여부가 있겠습니까? 당장 가실까요, 백 부장님?"

"핫핫핫! 껄껄껄!"

이기수 사장과 백 부장 등이 파안대소를 터뜨렸다.

이기수 사장이 기분 좋을 만도 했다.

한미래 콘서트가 대박 났다는 것은 곧 돈이 왕창 들어왔다는 뜻이다.

그동안 반지하 사무실에서 전전하던 ㈜HANA 엔터는 이번 한미래 전국 콘서트 한 방으로 간단하게 반지하를 탈출했다.

"해해! 제가 여기서 단콘을 할 수 있는 건 순전히 때지 언니 때문이에요, 치호 형부!"

"때지 언니?"

"오늘 스페셜 게스트가 김채나 씨야!"

이기수 사장이 때지 언니의 정체를 밝혔다.

단콘은 단독 콘서트의 줄임말이었고.

"뭐야? 그럼 지금 김채나 씨가 여기 온다는 거냐, 이 사장?"

뜻밖에도 채나가 거론되자 백 부장이 놀란 듯 눈을 껌뻑였다.

"자네 김채나 씨 만나러 온 거 아냐?"

"아니! 미래 만나러 왔는데?"

"그런 거야? 난 또 김채나씨한테 용건이 있는 줄 알았네. 워낙 만나기 어려운 친구라서 처제 콘서트에 게스트로 출연한다는 소식을 듣고 달려온 줄 알았어."

이기수 사장의 오해였다.

채나는 백 부장 수첩에 마지막 섭외 가수로 적혀 있었다.

한데 채나가 게스트로 출연하는 덕분에 관객들이 몰려왔다는 한미래의 말.

그건 한미래의 오해였다.

물론 많은 광팬들이 '내 가수', '우리 가수'가 게스트로 출연하면 좋아하지도 않는 '남의 가수' 콘서트에도 쫓아간다.

과감히 지갑을 열고!

하지만 한미래는 채나가 게스트로 출연하지 않은 지방 공연에서조차 매진을 시켰다.

한미래는 이미 대한민국 톱가수였다.

본인만 몰랐다.

"어느 프로에 출연시키려구요, 치호 형부? 나 요새 정신없이 바쁜데, 헤헤……."

한미래가 귀엽게 물어봤다.

"하하하, 녀석! 아무리 바빠도 나랑 미국 좀 가자."

"미래 씨! 우리 〈우스타〉 제작진에서 〈우스타 레전드 공연)이라는 프로를 기획 중에 있습니다. 장소는 미국의 뉴욕이나 LA. 시간은 다음 달 추석 무렵이고요."

전 PD가 보충 설명을 했다.

"〈우스타 레전드 공연〉이라구요? 와아, 신나겠다. 근데 채나 언니도 가나요?"

"아직 채나 씨하고는 얘기가 안 됐습니다."

"그럼 채나 언니하고 말씀 나누신 뒤에 얘기해요. 치호 형부께 정말 죄송하지만 언니가 안 가면 저도 못 가요."

"……!"

느닷없이 한미래의 말투가 단호하게 변하자 백 부장과 전 PD 등이 충격을 받았다.

쉬운 상대부터 하나하나!

이 또한 백 부장의 섭외 노하우라면 노하우였다.

백 부장이 〈우스타 레전드 공연〉을 기획하고 맨 먼저 잠실 벌로 달려온 것은 한미래가 섭외하기에 가장 쉬운 가수라고 생각했기 때문이었다.

굳이 섭외라는 말조차 필요 없는 막내 동생이었다.

한데 그 한미래가 뜻밖에도 옵션을 걸었다.

백 부장과 전 PD 등의 뇌리에 불길한 예감이 스쳤다.

"채나 언니는 제 막콘 게스트 때문에 일본 경단련에서 초청한 출연료 일억 엔짜리 행사조차 거절했어요. 이 정도면 제

입장을 충분히 이해하시리라 믿어요."

"……."

백 부장과 전 PD 등은 더 이상 할 말이 없었다.

채나가 한미래 콘서트에 게스트로 출연하기 위해 일화 1억 엔, 한화 10억 원이 훨씬 넘는 출연료를 제시한 행사를 거절했다는데 더 이상 어떤 말을 할 수 있겠는가?

백 부장 등은 몰랐지만 채나에게 한미래는 꼭 돌봐줘야 되는 동생이 돼 있었다.

당연히 한미래에게 채나는 무한 존경의 대상이었고!

둥둥둥!

그때 어디선가 거대한 북소리가 들려왔다.

와아아아아!

동시에 지진이 난 듯 잠실체육관이 울리면서 한미래 등의 몸이 흔들릴 만큼 엄청난 함성이 쏟아졌다.

"김채나! 김채나! 김채나!"

뒤이어 채나를 외치는 연호가 함성 소리와 뒤섞이며 더욱 크게 체육관을 울렸다.

"헤헤헤헤! 우리 때지 언니가 벌써 왔네?"

한미래가 신발도 신지 않은 채 그야말로 맨발로 뛰쳐나갔다.

구구구궁!

덤프트럭만 한 오토바이 채나2호.

채나의 사질인 ㈜TNT의 피대치 팀장이 무려 2억 원이 넘는 돈을 투자해 채나의 체형에 맞게 제작했다는 전 세계에 딱한 대밖에 없는 모터사이클이었다.

에어컨과 히터까지 장착하고 제트엔진을 탑재한 이 기계는 최고 시속 400㎞를 자랑하는 땅 위를 달리는 로켓이었다.

이 괴물이 굉음과 함께 잠실 실내체육관 정문 앞에서 멈췄다.

쏙!

검은 가죽재킷을 걸친 라이더가 하얀 고양이가 새겨진 헬멧을 벗었다.

순정 만화에 많이 나오는 긴 생머리의 지독하게 예쁜 십대 소녀.

채나였다.

"울 때지 언니, 와 줘서 너무 너무 고마워. 스페셜 앨범 1,000만 장 돌파 추카추카!"

한미래가 활짝 웃으며 채나를 꼭 껴안았다.

"인사 다 끝났지?"

"응, 헤헤헤!"

"대갈통 앞으로!"

"히잉, 잘못했어, 언니……."

"앞으로!"

"히이이잉, 살려줘! 때지 언니야!"

꾹!

채나가 독문절학인 볼 꼬집기 신공으로 한미래의 귓불을 꼬집었다.

"너 가수 아니지? 사채업자지, 그치? 어떻게 오 일 동안 문자를 백 개를 넘게 날려, 이 시키야?"

쾅쾅!

채나가 이번에는 한미래의 머리통을 쥐어 막았다.

"씨이! 언니가 답장을 안 해주니까 그렇지?"

"몇 번을 말해, 임마? 지구가 두 쪽 나도 오늘 막콘 게스트로 온다고 했지?"

"때지 언니는 믿는데… 언니 스케줄이 워낙 거미줄이니까 불안해서……."

"됐고! 일단 카메라로 이 할매부터 찍어."

한미래가 민망한 미소를 지으며 손바닥을 비빌 때 채나가 짜증스러운 표정으로 어깨너머를 가리켰다.

"헤에에에? 마마 언니도 왔네!"

시커먼 사자가 그려진 새빨간 헬멧을 쓴 박지은이 오토바이 뒤 좌석에 앉아 몹시 피곤한 듯 채나를 꼭 끌어안은 채 잠에 취해 있었다.

그랬다.

수원예고에서 폭동진압용 빠따를 휘둘러 가볍게 몸을 푼 채나는 중국으로 날아가 〈블랙엔젤〉 A팀과 합류해 일주일 동안 정신없이 〈블랙엔젤〉을 찍었다.

다시 한국으로 건너와 〈KK팝〉을 녹화했고, 자동차 CF와 나이키 스포츠 CF를 미친 듯이 촬영한 후 다시 중국으로 쫓아가 〈블랙엔젤〉의 나머지 부분을 마무리했다.

최하 슈퍼맨이나 외계인은 돼야 소화할 수 있는 빡센 스케줄이었다.

외계인과 거의 비슷한 일정을 소화한 지구인인 박지은이 빅마마 품위를 나 몰라라 한 채 오토바이 뒷좌석에서 졸 수밖에 없는 이유였고!

"어제 날밤 깠으면서도 여기까지 쫓아온 거야. 나한테 잔소리하려고 말야! 촬영장에서도 얼마나 구시렁대는지 귀가 다 멍멍해. 우리 엄마 곱하기 팔이야, 곱하기 팔!"

"때지 언니가 어디 사고를 한두 번 쳤어야지? 마마 언니 심정 충분히 이해해."

"이 시키가? 빨랑 할매나 찍어!"

한미래가 이죽거리자 채나가 버럭 소리를 질렀다.

한미래와 박지은, 연필신 등은 파주의 채나원에서 밤하늘의 별무리를 함께 감상하며 외박이란 범죄(?)를 같이 저지른 공범들이었다.

이제는 친자매들처럼 가까웠다.

반짝!

한미래가 키득대며 졸고 있는 박지은을 휴대폰으로 촬영했다

"손! 손! 이 손을 집중적으로 찍어."

채나가 자신의 가슴을 꼭 잡은 박지은의 두 손을 가리켰다.

"마마 언니가 미국 형부 걸 무단으로 사용하네, 해해해!"

"채나 찌찌 완전 동네 찌찌 됐어. 울 오빠가 나중에 내 찌찌에서 화장품 냄새 난다고 짜증 낼 거야."

"때, 때지 언니야, 나 19살이거든? 아직 미성년자라구."

"닥치고! 사진 다 찍었냐?"

한미래가 얼굴을 붉히자 채나가 퉁명스럽게 쏘아 붙였다.

"봐봐, 언니?"

"아주 잘 나왔구만. 내 찌찌를 마구 더듬는 이 사진! 마마 언니 팬 카페 마마손인가 마마발인가 그쪽에 쫙 뿌려. '노처녀 빅 마마의 실체를 밝힌다' 이렇게 제목을 달아서."

"헤헤, 재밌겠다. 내일 당장 올릴게."

채나가 휴대폰을 던지며 명령했고 한미래가 싹싹하게 대답했다.

"마마 할매! 남에 찌찌 그만 쪼물락대고 일어나서. 일어나라구!"

채나가 잠실 체육관이 떠나가라 소리를 질렀다.

"아이, 자기야… 조금만 더해 줘!"

"뭘 더해? 이 음탕한 여편네야!"

박지은이 묘한 잠꼬대를 하자 채나가 이번에는 잠실이 떠나가라 외쳤다.

"버, 벌써 다 온 거야? 아후, 깜빡 잠들었었나 봐."

박지은이 겨우 눈을 뜨며 헬멧을 벗었다.

발그스레한 홍조와 함께 피곤에 절어 있는 부스스한 얼굴.

신기하게도 피곤에 절어 있는 부스스한 얼굴조차 박지은의 화려한 미모와 어우러지며 아주 지독한 암컷의 매력을 풍겼다.

괜히 동양 제일 미인이니 세계 제일 미인이니 하면서 거품을 무는 게 아니었다.

"어서 와, 마마 언니! 중국에서 여기까지 오느라고 힘들었지?"

"콘서트 대박 났다며? 축하해, 미래야!"

한미래가 귀엽게 웃으며 인사를 했고 박지은이 오토바이

에서 내려 한미래를 가볍게 안아줬다.

"헤헤, 다 언니들 덕분이지, 뭐."

한미래가 박지은의 헬멧을 받아 들며 귀엽게 웃었다.

"배고파, 디진다. 밥! 내 밥 어디 있어?"

역시 국민돼지 김채나였다.

도착하자마자 만나자마자 밥 타령이었다.

"헤헤헤, 언니 바로 뒤에 있잖아?"

한미래가 미소를 띤 채 손가락질을 했다.

"오랜만에 뵙사옵니다. 위대하신 교주님!"

〈우스타〉에 출연했을 때 DBC 스튜디오 김채나 대기실까지 도시락을 배달해 줬던 채나교도인 '황제도시락'의 김 사장이 코가 땅에 닿을 만큼 허리를 숙였다.

"헤에, 김 사장이 와 있었네?"

"잠실에 오신다는 연락을 받자옵고 교주님의 성찬을 만들어 한 다름에 달려 왔습죠."

"아주 잘 왔어. 중국이니 일본이니 해외로 돌아다니면서 진짜 김 사장네 도시락 생각이 간절하더라고!"

"성은이 망극하옵니다, 교주님!"

채나가 가장 좋아하는 사람이 바로 이 김 사장 같은 사람이었다.

말을 안 해도 알아서 먹을 것을 착착 챙겨주는 사람!

"밥장사는 잘돼?"

"소인 머리털 나고 요즘처럼 바빠 본 적이 없었습니다. 어젯밤에는 돈을 세다가 다 세지 못하고 잠이 들었나이다."

"OK, 멋있다! 우리 김 사장 곧 재벌 되겠네. 근데 내 밥은?"

채나가 박수를 치며 환호를 했고 또 밥을 찾았다.

"저쪽 차에 있습니다. 지은 씨하고 미래 양도 같이 가시죠."

"우리 것도 있어요? 김 사장님!"

"교주님의 지기는 곧 교주님과 동격입니다."

"후후! 김 사장님 조크는 독특해."

김 사장이 박지은과 한미래를 채나와 같은 교주로 승격시킬 만했다.

〈우스타〉에 출연하는 채나를 후원하면서 간접광고를 했던 '황제 도시락'이 이제는 이름뿐이 아니라 정말로 도시락 업계 선두를 다투고 있었기 때문이다.

DBS 양 국장 말대로 〈우스타〉가 무섭긴 무서운 프로였다.

김 사장이 채나 등을 데리고 잠실 실내체육관 한 모퉁이에 주차해 있는 8톤짜리 대형트럭 앞으로 다가갔다.

"역쉬 울 김 사장이야. 밥은 이 정도 차에는 담아와야지!"

짝! 채나가 환하게 웃으며 박수를 쳤고,

"진짜 화끈하시다!"

"아예 초대형 트럭에 음식을 싣고 오셨네?"

박지은과 한미래가 '황제 도시락'이라고 새겨진 거대한 트럭을 바라보며 탄성을 터뜨렸다.

"이동식 식당, 밥차입죠. 교주님께서 즐기시는 한우갈비부터 추어탕 멍멍이 수육까지 풀코스로 준비돼 있습니다."

"오오오! 김 사장만큼 죽이는 남자도 세상에 별로 없어. 딱 내 스타일이야!"

채나가 계속해서 탄성을 터뜨렸다.

"하옵고 이 우매한 교도가 앙모하오는 교주님께 감히 친필 휘호를 청하나이다."

김 사장이 사인을 해달라는 말을 아주 어렵고 복잡하게 했다.

"좋아, 밥값은 해야지!"

채나가 매직을 받아 들었다.

채나 밥통이랍니다.

이 지구상에서 황제 도시락보다 맛있는 음식은 없죠!

곧 바로 밥차의 벽에 커다랗게 휘갈겨 쓴 뒤 힘차게 사인을 했다.

찰칵!

김 사장과 인증샷도 찍었고.

며칠 뒤에 서울시내 한복판에서 용사비등하는 필체와 함께 채나의 거대한 초상화가 붙어 있는 대형 트럭이 하루 종일 왕복하는 모습을 목격할 수 있었다.

와작와작!

해외 로케이션 덕분에 한식에 굶주린 채나가 에어컨이 빵빵하게 쏟아지는 8톤짜리 초대형 밥차 안에 마련된 식탁에 앉아 한우갈비를 뼈까지 삼켰다.

스노우 또한 만만찮게 먹었고.

"아이, 천천히 먹어 자기야. 그러다 체해?"

"아쩨!"

연필신, 한미래, 오동광 PD에 이어 김채나 노예 4기로 입문한 박지은이 수건으로 채나의 입술을 닦아줬다.

'이 언니들 지난번까지는 누나와 동생이었는데 이젠 완전 앤 사이가 됐어. 투덜이 연하 남자와 새침데기 연상 여자 해해!'

한미래가 다정하게 앉아 밥을 먹는 채나와 박지은을 지켜보며 미소를 머금었다.

두 사람은 가까워지기 싫어도 가까워질 수밖에 없었다.

〈블랙엔젤〉에 출연하면서부터 하루가 멀다고 붙어 다녔기 때문이다.

"쩝쩝— 일 년 365일이 오늘만 같았으면 좋겠다. 먹을 걸 8톤 트럭으로 실어다 놓고 노래는 달랑 한 곡만 하구."

"후후후, 바보야! 저녁에 경찰서도 가야잖아?"

"윽! 지뢰다."

"겨, 경찰서를 왜가? 때지 언니 또 사고 친 거야?"

"이 시키가 자꾸?"

"후우, 아니야."

경찰서라는 말에 한미래가 당황하며 폭력 전과자 채나를 걱정했다.

"지난번 〈블랙엔젤 제작발표회〉 때 있었던 총기 사건 수사가 완전히 끝났대. 사건의 전말을 브리핑해 주겠다고 오라는 거야."

"아호, 난 또! 가슴이 철렁했네."

"어쨌든 많이 먹어둬야지. 경찰서에 가면 시간이 제법 걸릴 텐데 말야."

채나가 많이 먹어야 되는 명분을 확실하게 만들었고,

"그래, 많이 먹어 언니야! 그리고 한 곡이 아니라 네 곡정도 불러줘야 돼."

한미래가 한 가지 이유를 더 추가했다.

"지금 조인트 콘서트 하냐? 무슨 게스트가 노래를 네 곡씩 이나 불러, 임마?"

채나가 대뜸 반발했다.

조인트 콘서트는 두 사람 이상이 어울려 함께하는 공연을 뜻 한다.

한미래는 혼자 주인공이 되는 단독 콘서트 중이었다.

"그, 그게 언니야……."

채나는 지금까지 수많은 가수의 콘서트에 게스트로 출연했었다.

그 많은 게스트로 가서도 두 곡 이상 불러본 적이 없었다.

한데 한미래가 네 곡을 부르라니 황당했다.

그 시간에 8톤 트럭에 있는 쌓여 있는 닭다리 하나라도 더 먹어야지…….

"〈파란들〉에서 활동할 때와 달리 이번에는 솔로로 공연 하는 거잖아? 그렇다구 내가 단독으로 앨범을 낸 적도 없구……."

"그러네! 단콘을 하려면 최소한 자기 노래가 20곡 이상은 돼야 하는데 피곤하겠구나."

한미래가 입을 삐쭉 내밀며 무대 상황을 설명하자 채나가 쉽게 알아들었다.

"치이! 올해 가기 전에 무조건 정규앨범을 낼 거야. 팬들 보기 창피해서 안 되겠어. 이건 뭐 완전 짜깁기 콘서트야! 〈파란들〉 노래를 열 곡쯤 하고 팝송이나 다른 가수들 노래를 다섯 곡쯤 부르고. 게스트들이 나머지 시간을 때워주고…….

"아써! 그럼 첫 번째는 내 노래 히어로를 부르고 두 번째는 〈파란들〉 노래 〈GOGO〉를 너랑 듀엣으로 부르자."

어느새 채나의 표정이 진지 모드로 바뀌었다.

"GO GO 무척 힘든데? 골반 춤 장난 아냐, 언니?"

"힘들긴! 나와 봐봐!"

채나가 숟가락을 던지며 자리에서 벌떡 일어났다.

채나는 뭐 먹을 때는 불이 나도 자리에서 일어나지 않는다.

하지만 먹는 것보다 노래를 더 좋아했기에 서슴없이 일어났다.

8톤짜리 밥차는 테니스 코트 하나가 들어갈 만큼 공간이 넓었다.

"원, 투, 쓰리, 포…….”

"그대를 향한 이 마음 GO GO!"

"절대 변함이 없어 GO GO!"

채나가 한미래와 함께 골반을 거의 120도 이상 돌리는 격렬한 춤을 추며 노래를 불렀다.

과거 〈파란들〉 멤버들보다 훨씬 세련된 모습이었다.

"화아— 역시 채나다. 노래도 좋고 춤도 엄청 멋있네!"

"진짜야! 언제 이 노래 연습했었어, 언니?"

"시키야, 이 GO GO가 나름 유명한 노래잖아? 〈파란들〉이

LA까지 와서 불렀고!'

채나가 GO GO라는 노래를 익숙하게 소화한 이유를 설명
했다.

"기억해둬. 프로가수가 되려면 유명한 댄스 스텝은 무조건
마스터해야 돼. 동요든 팝이든 세계 각국의 노래를 만 곡 이
상 꿰야 하구."

"마, 만 곡?!"

"그래! 만 곡도 많은 게 아냐. 삐리 오빠는 히트곡만 해도
몇백 곡이야. 삐리 오빠 노래만 소화해도 만 곡 금방이잖
아?"

"정말?"

삐리 오빠는 채나가 가왕 최영필을 부를 때 쓰는 애칭이다.

"가사까지 정확히 익히라는 게 아니라 멜로디 정도는 외워
야 돼. 그래야 음에 대한 감각이 생겨. 가수는 그저 연습, 연
습만이 살길이야."

두 번 말하는 것을 농약 마시는 것처럼 생각하는 채나가 유
독 노래 얘기를 할 때는 아주 길게 얘기를 했다.

특히 한미래에게는 더욱 찬찬하게!

그만큼 노래를 좋아했고 한미래를 사랑했다.

"다시 한 번 가볼까?"

"응, 언니!"

"그대를 향한 이 마음 GO GO! 절대 변함이 없어 GO GO!"

채나와 한미래가 격렬하게 몸을 흔들며 빠르게 노래를 불렀다.

흡사 오랫동안 연습해 온 호흡이 아주 잘 맞는 혼성 2인조의 공연을 보는 것 같았다.

남자는 채나, 여자는 한미래.

"후후, 팬들이 엄청 좋아하겠다. 완전 잘나가는 아이돌 혼성 2인조야!"

"혼.성.2.인.조?"

갑자기 채나의 눈이 실처럼 가늘어졌다.

화가 났다는 리액션이었다.

"치우자. GO GO!"

채나가 언제 연습했냐는 듯 짜증스럽게 말을 뱉으며 식탁으로 가서 주저앉았다.

박지은이 혼성 2인조라고 한 말이 자신을 남자로 지칭한 말로 들렸기 때문이다.

예쁜 소년!

채나가 가장 듣기 싫어하는 말이었다.

"……!"

박지은이 자신이 실수했다는 것을 깨달았다.

"채나야!"

"언니야!"

박지은과 한미래가 동시에 채나를 불렀다.

"아써! 이왕 연습했으니까 딱 한 번만 해."

두 사람의 다급한 목소리가 끝나기도 전에 채나의 화가 풀렸다.

채나에게 박지은과 한미래는 그만큼 소중한 사람들이었다.

"고마워, 때지 언니. 이번 공연에 딱 한 번만 불러줘."

"아따니까!"

채나가 입속에 소고기 육회를 잔뜩 집어넣은 채 대답했다.

채나와 한미래가 딱 한 번 부른다고 했던 이 GO GO라는 댄스 곡.

그 딱 한 번이 한미래에게는 골반 디스크로 병원 신세를 지게 했고, 채나는 미국의 퍼스트 레이디와 함께 부르기까지 했다.

한미래에게 돈을 가장 많이 벌어준 노래였다.

바로 그때, 탁한 음성이 들려왔다.

"하하하! 채나 씨 많이 무서워졌네."

"언제부터 우리 몰래 밥을 먹었어요, 채나 씨?"

백 부장과 이기수 사장, 전 PD 등이 밥차로 올라왔다.

"어이구, 어서들 오세요!"

김 사장이 모자까지 갖춘 위생복을 걸치고 음식을 서빙하다가 백 부장 일행을 반갑게 맞았다.

"박지은이에요. 반갑습니다."

"하하, 지은 씨까지 뵙다니 오늘 일진 짱이구만!"

"이게 얼마만입니까, 지은 씨?"

박지은이 공손하게 인사를 했고, 백 부장과 이기수 사장 등이 정중하게 인사를 받았다.

이어 박지은이 채나에게 눈짓을 했다.

빨리 일어나서 인사를 하라는 사인이었다.

"오랜만! 거기 앉아서 밥들 먹어."

하지만 채나는 백 부장 등과 십 분 전에 헤어졌다가 만난 사람처럼 말했다.

"미안해, 채나 씨! 식사하는데 방해해서."

"됐고! 난 뭐 먹을 때 말 시키는 사람이 세상에서 제일 싫어."

백 부장이 의례적인 멘트를 하자 채나가 그대로 쏘았다.

"채나 씨 스타일은 제가 잘 알죠. 여러 번 경험했으니까요, 으흐흐!"

소황우 PD가 황소처럼 웃으며 대꾸했다.

그리고 백 부장도 이기수 사장도 누구도 채나에게 더 이상 말을 시키지 않았다.

채나는 배가 고프면 기분이 나빠지기 시작한다.

밥을 먹다가 멈추면 더욱 기분이 나빠졌고.

채나는 기분이 나쁘면 사시미 칼이나 도끼를 마구 휘두르는 여자였다.

백 부장을 비롯한 〈우스타〉 스탭들은 채나의 이 광폭함을 살 떨리도록 경험했기에 입을 꾹 닫았다.

아니, 꼭 그런 이유 때문만은 아니었지만 왠지 어색했다.

〈우스타〉에서 하차한 채나와 〈우스타〉 스탭들이 어느 날 갑자기 영화에 나오는 한 장면처럼 정말 우연히 만났다.

물론 채나가 압력에 의해 〈우스타〉에서 하차했을 때 백 부장을 비롯한 〈우스타〉 스탭들과 홍 본부장, 김태형 회장까지 무려 1차, 2차, 3차에게 걸쳐 진상사절로 방문했었다.

그 뒤에도 백 부장 등은 사적으로 공적으로 여러 번 채나를 만나서 앙금을 풀었다.

그런데도 영 찜찜했다.

도자기나 유리병은 깨지면 다시 붙일 수 있지만 인간관계는 한 번 깨지면 절대로 다시 붙일 수 없다.

끄윽! 채나가 어느 정도 배를 채웠는지 트림을 했다.

소 PD가 백 부장을 쳐다봤다.

이제 말을 시켜도 된다는 신호였다.

"채나 씨 이번에 우리 〈우스타〉에서 말야……."

백 부장이 무겁게 입을 열었다.

"홍 본부장님께 연락 받았어."

채나가 이번에는 멍멍이 수육을 쓸어 넣으면서 말하는 시간도 아까운지 간단하게 대꾸했다.

"일단 나하고 미래는 가!"

"……!"

채나가 이미 준비한 듯 노타임으로 대답했다.

짧은 대답이었지만 아연 백 부장 일행을 흥분시켰다.

채나가 간다면 〈우스타 레전드 공연〉은 일단 90% 이상 성공이었다.

채나의 쿨한 대답에 백 부장 등이 뭐라고 맞장구쳐 주고 싶었지만 속이 보일까 봐 차마 하지 못했다.

"언니, 미국 갈 거야?"

대신 한미래가 입을 열었다.

"너랑 나는 무조건 가야 돼. 〈우스타〉가 없었다면 김채나도 한미래도 없었어."

"그렇긴 하지만 언니가……."

한미래가 채나의 눈치를 보며 말꼬리를 흐렸다.

"〈우스타〉에게 주는 전별금이야."

"……!"

전별금.

이별할 때 섭섭한 마음에서 전달하는 돈을 뜻한다.

채나의 말을 직역하면 〈우스타 레전드 공연〉에 참가하는 것으로 그동안 백 부장 등에게 신세졌던 모든 것을 갚겠다는 뜻이었다.

의역하면 앞으로는 남남관계라는 뜻이었고!

어찌 들으면 무서운 말이었다.

"단, 이 사람들하고 같이 가는 조건이야. 원일, 남궁수덕……."

채나가 〈우스타〉에 출현했던 가수들로 조직된 〈우수회〉의 핵심멤버, 채나사단의 중추세력인 이름들을 줄줄이 불렀다.

"이 사람들 중에 한 명이라도 빠지면 그땐 다시 얘기해야 돼."

"알겠습니다. 채나 씨가 왜 원일 씨 등을 거론했는지 잘 알고 있습니다. 나도 그분들을 섭외하고 싶었고 기필코 섭외하겠습니다."

백 부장이 자신 있게 대답했다.

"OK! 그럼 계속 밥 먹자구."

채나가 다시 음식접시에 머리를 쑤셔 박았다.

채나는 〈우스타〉 하차 건 이후 인생관 자체를 바꿨다.

모든 일에 소극적이고 관망하던 태도를 버리고 적극적이

다 못해 노골적으로 개입했다.

〈KK팝〉의 심사위원들을 싹 바꾸고, 지금처럼 〈우스타 레전드 공연〉에 참석할 명단을 제시할 만큼!

선문의 98대 대종사는 역대 대종사 중에서 처음으로 이 세상을 지배하기로 결심했다.

"그리고 〈우스타〉 뒤안길인가 뭔가 하는 거 나 나오는 부분 있지?"

"채나 씨가 빠지면 〈우스타〉 자체가 말이 안 됩니다."

채나가 다시 고개를 들며 입을 열었고 순발력 좋은 전 PD가 잽싸게 대답했다.

"그럼 내가 나오는 부분은 오늘 밤에 찍어. 오늘 밤밖에 시간 없어 나!"

"하하, 알겠습니다. 어떤 컨셉으로 찍을까요, 채나 씨?"

채나가 〈우스타 시즌1의 뒤안길〉 촬영을 제시했고 백 부장이 기다렸다는 듯 승낙했다.

"홍 본부장님께 연락 받고 잠깐 생각해 봤는데 〈우스타〉 하우스 밴드들 있잖아?"

"아! 하우스 밴드들 말입니까? 벌써 감이 잡히는군요."

"하마 오빠 학원에서 간단히 찍자고. 리포터는 필신이 불러서 시키고!"

"하마 오빠요?!"

"서해대학교 실음과 교수이신 박정훈 원장님 말하는 겁니다. 파워 드러머의 대명사."

"전 PD!"

소 PD의 말은 들은 백 부장이 뭔가 필이 온 듯 전 PD를 불렀다.

"옙! 벌써 수배했습니다. 일단 신촌 하마 교수님 음악학원으로 가시죠. 부장님!"

"채나 씨! 필신 씨 불러서 카메라 돌리고 있을 테니까 최대한 빨리 와. 올 때는 오토바이 놓고 안전한 승용차로 오고 꼭!"

백 부장이 기분이 좋은 듯 특유의 말 많은 오빠 같은 수다맨 기질이 나오기 시작했다.

"아써! 나야 몇 마디 하면 되지 뭐."

"미래 막콘 잘 끝내고! 지은 씨 반가웠습니다. 이 사장 간다!"

백 부장 일행이 당나귀를 타고 와서 경주마를 타고 사라졌다.

"자식이 나보고 대박 터졌다고 하더니 지가 대박 터져서 가네."

이기수 사장이 낄낄댔다.

"미래야, 리허설 시간이야!"

"네! 실장님."

삼십대 남자가 밥차 위로 올라오며 소리쳤다.

"언니! 리허설하러 가자."

"나? 내가 왜 리허설을 해? 게스트도 리허설하냐?"

"때지 언니야—"

한미래의 음성이 뾰족해졌다.

"아써, 아써! 진짜 짱 나네! 뭐 좀 입에 넣고 씹으려고 하면 여기저기서 난리야."

"천천히 드시옵소서. 내일 아침까지 교주님을 모시겠사옵니다!"

"김 사장, 최고! 최고예요!"

채나가 김 사장을 보며 엄지를 치켜세웠다.

"아핫핫! 일단 대기실로 가시죠. 채나 씨가 오늘 처제 콘서트에 게스트로 출연한다는 소식을 들은 팬들이 채나 씨에게 선물을 보내왔습니다. 이 밥차보다 더 큰 트럭으로 말입니다."

"정말이야?!"

"씨이이! 내가 콘서트 하는데 왜 때지 언니 선물을 우리 사무실로 보내? 꼭 전달해 달라고 나한테 다짐까지 하구!"

"콘서트하는 미래보고 게스트로 나오는 채나에게 선물을 전달해 주래? 이거 어디서 웃어야 되는 거야 우후후!"

박지은이 억지로 웃음을 삼켰다.

"아써, 시키야. 오늘 다섯 곡 빡세게 불러줄게!"

"헤헤헤, 진짜지??"

"그래, 빨리 가자!"

채나가 한미래에게 딜을 제시했고 선물들이 궁금한 듯 후다닥 밥차에서 내렸다.

이기수 사장 등이 재빨리 따라 붙었다.

"아아, 네네! 채나 씨, 오셨네요! 고맙습니다."

우체국 택배 제복을 걸친 삼십대 남자가 밥차 앞에 서서 휴대폰을 황급히 끊으며 채나를 반갑게 맞이했다.

"안녕하세요, 채나 씨! 우체국 택배 직원입니다."

"그런데요? 이 아저씨야?"

채나가 우체국 택배 직원을 보다가 한미래를 쳐다보며 물었다.

"아냐! 우리 사무실로 온 물건들은 모두 저기 대기실에 있어."

부우우웅!

퉁!

그때 우체국 택배라고 새겨진 5톤 트럭 하나가 채나 앞에 와서 멈췄다.

택배 직원이 트럭 문을 열어젖혔다.

"채나 씨! 여기 실린 물건들 확인하시고 송장에 사인 좀 해
주세요."

택배 직원이 품목 확인과 송장에 사인을 요구했고,

"그, 그러니까 이 트럭에 있는 물건들이 몽땅 채나 언니에
게 온 선물!?"

한미래가 기가 막힌 표정으로 트럭 속을 쳐다봤다.

"아뇨! 두 대 더 있습니다. 야! 채나 씨 여기 계셔. 차 이쪽
으로 대!"

택배 직원이 귀찮다는 듯 대꾸하며 저쪽을 보며 손짓했다.

부우우웅!

5톤 트럭 두 대가 더 들어왔다.

채나가 헤벌쭉 웃었고 한미래와 박지은이 그대로 넘어갔
다.

9장

타고난 오누이

"이 설렁탕집 이름이 교동옥이라고 했지?"

"옛! 이쪽 종로통에서 아주 유명한 집입니다. 회장님!"

"우씨, 열 받네! 동대문에서 산 지 꽤 됐는데 왜 난 이 설렁탕을 처음 먹어 보지?"

"회장님은 여의도나 일산 광명시 쪽에서 활동하셨잖습니까? 그러시니까 아무래도……."

"쩝쩝 말 된다. 근데 설렁탕을 갖고 온 지가 언젠데 아직도 수육이 안 와?"

"수, 수육 말씀입니까?"

"뭐야 그 말투는? 혹시 안 시킨 거야?"

"그냥 설렁탕만 시켰는데요."

"어이구, 멍충이! 여수파 애들한테 깨진 이유를 이제야 알겠다. 우리가 붕어냐, 임마? 물만 먹게."

"그, 그게 말입니다, 회장님……."

딱! 작은 주먹이 빡빡머리를 그대로 두들겼다.

"아쿠―"

"미달이 시키! 빨랑 수육시켜!"

"예예, 회장님!"

*　　*　　*

피의자 신문조서.

피의자 장만철.

위의 사람에 대한 강남 마야 룸싸롱 일본도 난입 피의 사건에 관하여 02년 8월 15일 사법 경찰관 경위 배일복은 사법 경찰관 경감 김용주의 참여하에…….

"크큭큭!"

열심히 피의자 신문조서를 작성하던 서울지방경찰청 특수수사대 제1팀 제1반장인 배일복 형사가 나직하게 들려오는 두 사람의 대화를 들으면서 더 이상 참지 못하겠다는 듯 머리를 책상에 처박으며 웃음을 터뜨렸다.

"으흐흐흐! 카카카카!"

옆자리에서 같이 조서를 꾸미며 억지로 웃음을 삼키던 오형사와 신 형사도 뒤집어졌다.

"……?"

피로 얼룩진 얼굴에 걸레처럼 찢어진 티셔츠를 걸치고 수갑을 찬 채 심문을 받던 거구의 이십대 사내, 장만철이 의아한 표정으로 배일복 형사를 쳐다봤다.

"큭큭큭! 야, 장만철이! 넌 저 그림이 말이 된다고 생각하냐?"

"……?"

배일복 형사가 미소를 띠며 어깨너머로 손짓을 하자 장만철이 뚱한 얼굴로 고개를 돌렸다.

웅성웅성!

삼십여 명의 거구의 사내가 갇혀 있는 유치장 앞.

온몸이 피투성이가 된 십여 명의 깡패가 수갑을 찬 채 야구모자를 거꾸로 쓴 채나와 함께 탁자에 둘러앉아 설렁탕을 먹고 있었다.

마치 아프리카 초원에서 하이에나 떼에 둘러싸인 임팔라새끼를 보는 듯했다.

"끽끽끽! 흐흐흐!"

다시 배 형사와 오 형사 등이 깡패들과 함께 밥을 먹는 채나를 처다보며 킥킥댔다.

배 형사는 경찰관이 된 지 올해로 꼭 십팔 년째였다.

십팔 년의 경찰관 생활 중 십 년 이상을 강력계 형사로 근무하면서 별별 인간을 다 만나봤다.

인간이라고 표현하기에는 무리인 짐승 같은 족속들도 목격했다.

하지만 채나 같은 아가씨는 처음 봤다.

물론 배 형사를 비롯해 이 사무실에 있는 경찰관들이나 조사를 받고 있는 깡패들까지 채나를 모르는 사람은 아무도 없었다.

앞을 보지 못하는 장님도 말이 들리지 않는 귀머거리조차 익히 알고 있는 세계적인 슈퍼스타였기 때문이다.

그 스타가 벌써 이 서울지방경찰청 특수수사대 본부를 두 번씩이나 방문했다.

한 번은 서울 코리아 호텔에서 블랙엔젤 제작 발표회 있었던 날 〈빅마마 저격 미수사건〉의 참고인으로 왔었다.

오늘은 서울경찰청에서 〈빅마마 저격 미수 사건〉의 수사를 종결해 검찰청에 송치하기 직전 사건의 전모를 보고하는 자리에 초청했고.

서울지방경찰청장의 명의로 최대한 정중하게!

당연히 박지은과 육명천 실장, 영화배우 이광석 등도 동행했다.

사안이 사안인만큼 주무부서의 책임자인 행정자치부 장관과 경찰청장 서울청장 등 고위관료들이 임석한 자리에서 특수수사대장이 직접 사건 수사의 전말을 브리핑했고 박지은 등은 벌써 돌아갔다.

채나도 그 자리에 동석했었고 박지은과 함께 서울경찰청에 근무하는 경찰들에게 인증샷과 사인을 해주는 뒤풀이까지 끝냈다.

한데, 무슨 영문이지 자정이 다 됐음에도 불구하고 귀가하지 않고 특수수사대 사무실에 돌아와 거의 같은 시간에 연행된 독수리파 조폭들과 어울려 설렁탕을 먹었다.

깨물어주고 싶을 만큼 귀엽게 생긴 야리야리한 아가씨가 전혀 겁을 먹지 않고 남자들조차 똑바로 쳐다보지 못하는 조폭들과 대화를 나누며 밥을 먹다니?

배 형사는 독수리파 행동대장 조옥술이 채나에게 회장님 회장님 하면서 굽실거릴 때, 그때서야 눈치를 깠다.

그 유명한 〈동해 횟집 조폭 난입 사건〉을 필두로 〈강남 참치회집 사건〉, 〈김천 삽자루만행사건〉, 〈빅마마 총기 저격 미수 사건〉의 주인공.

도끼를 마음대로 휘두르는 그 여자.

누리꾼들이 서슴없이 전 세계 맞짱의 일인자라고 부르는 그 전설 속의 인물이었다.

"야, 대갈장군! 넌 애들을 어떻게 교육시켰기에 이렇게 멍청하냐, 응?"

채나가 숟가락으로 빡빡 깎은 사내의 큰 머리통을 때렸다.

대갈장군이 수갑을 찬 채 뻘쭘하게 서 있는 뱀눈을 째렸다.

"수, 수육을 얼마나 시킬까요? 형님!"

"십인 분!"

뱀눈이 눈치를 보며 묻자 대갈장군이 짧게 대답했다.

"십인 분? 지금 장난해?!"

다시 채나가 숟가락으로 대갈장군의 머리통을 북을 치듯 마구 두드렸다.

"우리만 입이냐? 유치장에 갇혀 있는 저 스키들하고 돼지게 일하는 경찰들은 안 보여? 오십인 분 가져오라 해!"

"아, 예예— 회장님!"

"최대한 빨리!"

"그, 근데 회장님! 여기 교동옥 수육은 엄청 비쌉니다. 일인분에 만 원이 넘습……."

철썩!

시뻘건 김치 국물이 묻은 각두기가 날아가 뱀눈의 콧잔등을 때렸다.

"누가 너 보구 돈 내래? 내가 살 테니까 걱정 말고 시켜, 임마!"

"예옙! 고맙습니다. 회장님!

채나가 잇새로 말을 뱉자 뱀눈이 허리를 깊숙이 접었다.

"소주도 몇 병 가져오라 하죠? 회장님!"

"아써! 빵에 들어가면 오랫동안 굶을 텐데 마음껏 먹어."

대갈장군이 눈치를 보며 말하자 채나가 서슴없이 오케이했다.

"김 회장님! 교동옥은 도가니 수육이 일품입니다."

"아하하하……."

배 형사가 미소를 지으며 소리치자 형사들이 웃었다.

"그래? 야, 뱀눈! 도가니 수육도 이십 인분쯤 시켜라. 소주는 표시 안 나게 음료수병에 담아오라 하구."

"그럼 음식 값이 100만 원이 훨 넘을 텐데요?"

"으으으, 진짜 저 시키가?? 야, 대갈장군! 대갈통 앞으로!"

"옙! 회장님."

채나가 우거지 인상으로 손짓을 하자 대갈장군이 지체없

이 머리통을 내밀었다.

쾅쾅쾅!

채나가 마치 선생님이 말썽꾸러기 학생들의 머리통을 쥐어박듯 대갈장군의 머리통을 두드렸고,

"백만 원이든 천만 원이든 내가 낸다니까 이 시키야! 웬 말이 그렇게 많아?"

빽 소리 쳤다.

"죄송합니다. 제가 좀 더 철저히 교육을 시키겠습니다."

"차아암— 너도 불쌍하다. 저런 미달이들이랑 같이 일하려면 얼마나 힘들겠어?"

"저도 환장하겠습니다. 시발 시키들이 머리통이 완전 똥덩어리라서……."

대갈장군이 머리를 북북 긁으며 변명을 했다.

채나는 먹성만 좋은 것이 아니라 음식 인심도 좋았다.

설혹 방금 칼을 겨누고 싸운 상대라 하더라도 밥을 나눠 줬다.

조폭들은 칼 밥을 나눠주지만!

"늦은 밤에 손님들이 많이 오셨네."

채나가 또다시 대갈장군의 머리통을 쥐어박을 때 떡 벌어진 어깨에 구레나룻이 멋진 건장한 체격의 삼십대 남자가 사무실로 들어왔다.

당당한 체구의 남자 셋과 함께였다.

경찰들이 분분히 일어나서 목례를 했고 삼십대 남자가 미소를 지으며 자리에 앉았다.

거기엔 〈제1팀장 경감 김용주〉라고 새겨진 명패가 놓여 있었다.

"배 반장님! 오늘 정 팀장님 빅 마마 사건 브리핑 잘 끝내셨습니까?"

"잘 끝내긴요? 장관님에 청장님까지 임석하시고 세계적인 스타들과 기자들까지 잔뜩 몰려 와서 그런지 완전 버벅댔습니다. 우리 청장님과 대장님이 민망하셔서 어쩔 줄 모르고……."

"핫핫핫!"

서울지방경찰청 특수수사대 1팀장 김용주 경감이 사람 좋은 웃음을 흘렸다.

삼십대 초반의 젊은 나이에 요직인 서울청 특수수사대 1팀장을 맡고 있는 김용주 경감은 아주 특이한 경력의 소유자였다.

한때 전국 씨름판을 휩쓸었던 김남수 장사를 아버지로 둔 덕분에 초등학교 2학년 때부터 씨름선수 생활을 시작했다.

무슨 생각에선지 고등학교 1학년 때 씨름 선수를 접고 미친 듯이 공부에 매달려 국립경찰대학에 진학했고!

경찰대학 재학시절 총학생 회장까지 지낸 문무를 겸비한 수재로서 경찰 간부로 입문한 뒤로도 몇 가지 굵직굵직한 사건을 해결해 나름 이름을 날렸다.

"훤히 그려지네요. 평소에도 남 앞에 나서는 것을 꺼리시는 정 팀장님이 윗분들까지 잔뜩 있고 기자들과 연예인들까지 와 있었으니 얼마나 긴장하셨을까요, 참나!"

"아주 죽을 썼습니다. 자세한 것은 저 아가씨를 불러서 물어 보시죠."

배 형사가 짓궂은 미소를 띠며 채나를 가리켰고,

…저 녀석 너무 예뻐져서 몰라 봤어.

김용주 경감의 눈이 가늘어졌다.

"언제 왔습니까, 저 녀석?"

"저, 저 녀석요?!"

김용주 경감의 말투에 배 형사가 어리둥절했다.

아주 가까운 사이 같은 느낌이었기 때문이었다.

김용주 경감이 배 형사의 대답도 듣지 않고 자리에서 벌떡 일어나 채나 쪽으로 다가갔다.

"……!"

채나가 김용주 경감을 발견하고 수저를 멈췄다.

자신의 몸보다 더 사랑하는 케인이 불러도 식사를 멈추지 않는 채나가 설렁탕 먹는 것을 멈췄다.

탈싹!

채나가 쪼르르 달려가 김용주 경감의 품에 안겼다.

"울 채나 TV로 볼 때보다 훨씬 예쁘네. 아하하하!"

"헤헤, 오빠도 괜찮아. 여전히 구레나룻도 멋있구."

"자식 늦었지만 슈퍼스타가 된 거 축하한다. 뭐 원래도 세계적인 스타였지만 말야."

"고마워, 오빠."

김용주 경감과 채나가 아주 반갑게 인사를 나눴다.

"직원들에게 인사해. 제 사촌 동생입니다."

"반가워요. 김채나예요!"

김용주 경감이 서울청 특수수사대 사무실 한복판에서 서서 아주 자랑스럽게 채나를 소개했다.

채나가 최대한 공손하게 허리를 숙였다.

……

한순간 아주 당혹스러운 정적이 실내를 감쌌다.

짝짝짝! 삑삑삑!

"어서 오세요, 김채나 씨!"

"세상에, 세상에?? 슈퍼스타 김채나 씨가 우리 팀장님 동생이었어?!"

"완전 개그야. 산적과 외계인이 가족은 아니잖아?"

"아냐! 아냐! 팀장님을 딱 사분의 일로 축소하니까 김채나 씨가 나온다!"

"그러네— 김채나를 네 배로 확대하니까 팀장님이 돼. 수염 좀 그려 넣고!"

"아하하하! 크크크!"

산적과 외계인의 만남은 돌연 서울청 특수수사대 사무실을 뒤집어 놓았다.

그랬다.

김용주 경감은 경상남도 남해에 사는 채나의 작은 아버지 김남수 사장의 아들이었다.

정확히 막내 사촌 오빠였다.

채나가 고등학교 때 미국 대표로 일본 오사카에서 개최된 세계 사격선수권대회에 참가하기 위해서 일본에 왔다가 잠깐 남해에 가서 만난 이후 처음이었다.

채나는 흥신소, 아니, 신용정보 회사 '다나오스' 의 문 사장을 통해 김용주 경감이 서울청 형사기동대장에서 특수수사대 1팀장으로 발령받았다는 것을 알고 있었다.

지난번에 왔을 때는 정신이 없어서 만나지 못했고 이번에는 결심하고 기다렸다가 사촌 오빠인 김용주 경감을 만났던 것이다.

채나가 미국에서 한국으로 건너와 처음으로 만난 친척이

었다.

같은 성을 쓰고 같은 핏줄을 타고난 오누이였다.

＊　　＊　　＊

후두두둑⋯⋯.

김용주 경감의 손에 허름한 우산 하나가 들려 있었다.

다른 한 손에는 예쁘고 조그마한 손이 매달려 있었다.

김용주 경감이 큼직한 점퍼에 야구 모자를 푹 눌러쓴 채나의 손을 잡은 채 빗줄기가 뿌리는 종로 거리를 걸어갔다.

"미친놈이 확실해, 오빠?"

"내가 직접 수사한 것은 아니지만 워낙 이목을 끈 사건이라서 수사 자료들을 챙겨 봤다.

특전사에서 복무를 하다가 과대망상증으로 의병 제대를한 전력이 있어."

"마마 언니를 쫓아다닌 스토커라며?"

"그래! 피의자인 조중곤이 집을 수색했던 직원들 말을 빌면 조중곤이 집에 온통 박지은 씨 사진으로 도배를 했다더라. 수백 번씩 전화를 해도 박지은 씨가 받지를 않자 분노를 느껴 살해하기로 결심했고!"

김용주 경감과 채나가 두런두런 대화를 나눴다.

블랙엔젤 제작발표회에서 벌어졌던 〈빅마마 저격 미수사건〉에 관한 얘기였다.

"미친놈이 분명하네. 그 권총으로는 지나가는 개도 못 죽여. 총 자체가 완전 석기시대 유물에 관리조차 불량해서 총알이 발사됐다는 게 신기할 정도야."

"아무튼 그 사건 이후에 할아버지께서 네 걱정을 많이 하셔. 잠을 못 주무신대."

"아호, 할아버지도 참? 그럴까 봐 여러 번 전화를 드렸는데……."

"귀찮더라도 니가 남해에 내려가서 직접 뵙고 안심시켜 드려. 늙으셨잖아?"

"응!"

김용주 경감이 오빠답게 충고를 했고 채나가 노타임으로 대답했다.

채나도 이미 남해에 내려갈 결심을 하고 있었다.

미국에 있는 엄마, 이경희 교수의 협박이 극에 달했기 때문이다.

"미안해! 오빠 결혼식에 꼭 참석하고 싶었는데 그때 나 베트남에 있을 거야."

"괜찮아, 임마! 너 바쁜 거 대한민국 사람 다 알아."

채나가 이번 달 말에 있을 김용주 경감의 결혼식에 참석하지 못하는 것을 사과했고, 김용주 경감이 시원시원하게 받았다.

"대신 축의금은 꼭 보낼게, 헤헤!"

"녀석……."

김용주 경감이 예뻐 죽겠다는 눈빛으로 채나를 쳐다볼 때,

삐뽀삐뽀!

경관등이 켜진 승합차 한 대가 급히 달려와 김용주 경감 옆에서 멈췄다.

"데이트 중에 방해해서 죄송합니다, 팀장님!"

"방금 성북동에서 살인사건이 터졌습니다. 긴급출동 하랍니다."

승합차 문이 열리며 배 형사와 오 형사가 재빨리 보고를 했다.

"미안하다, 채나야! 내가 이렇게 산다."

김용주 경감이 채나에게 우산을 건네주며 어깨를 으쓱했다.

"헤헤, 세상에 나보다 더 바쁜 사람도 있다니 약간 위로가 된다, 오빠!"

"가까운 시일 내에 밥 한번 먹자. 새언니 될 사람이 네 광팬이야. 조심해 가!"

"알았어, 오빠. 잘 가!"

앵앵앵!

김용주 경감을 태운 승합차가 무서운 속도로 종로 거리를 달려갔다.

"오빠도 열심히 사네. 보기 좋다."

채나가 사라져 가는 경찰 승합차를 물끄러미 바라보며 미소를 지었다.

미국과 한국에서 떨어져 살았던 사촌 오누이가 아주 오랜만에 만났지만 이렇게 또 헤어졌다.

둘 다 쓴 커피 한잔을 같이 마시기에도 틈이 없을 만큼 바쁜 사람들이었다.

"그럼 나도 가볼까……."

끽!

채나가 택시를 잡으려고 손을 들 때 택시 대신 고급 그렌저 승용차 두 대가 나란히 멈춰 섰다.

앞에 선 차에서 검은 양복을 걸친 건장한 사내 두 명이 급히 내려 뒤에 멈춰 선 승용차의 문을 정중하게 열었다.

눈이 가늘게 찢어진 사십대 남자, ㈜TNT의 피대치 팀장이 묵직하게 차에서 내렸다.

"오랜만에 뵙습니다, 사고!"

피 팀장이 비가 내리는 종로 한복판임에도 불구하고 최대한 깊숙이 허리를 접었다.

"이게 누구야? 피 사제, 웬일이야?"

채나가 환하게 웃으며 피 팀장의 어깨를 툭툭 쳤다.

"그동안 무고하셨습니까? 몇 번 찾아뵈려고 했지만… 죄송합니다, 사고!"

"헤헤헤, 나 찾기가 쉽지 않았지? 블랙엔젤 때문에 정신이 없어."

"일단 차에 오르시죠. 선생님께서 대통령 선거대책위원회 구성 문제로 급히 뵙고자 하십니다."

피 팀장이 말한 선생님.

지난달 유력한 언론에서 실시한 여론조사에서 가장 강력한 차기 대권후보자로 꼽힌 민주평화당의 민광주 의원을 지칭하는 말이었다.

"에이, 사형도 참! 난 아무 부위원장이나 시키라니까 그러네. 그 뭐 재경분과위원회니 하면서 사람들이 들어도 잘 모르는 직책 말야. 그리고 나 선약 있어서 빨랑 가봐야 돼."

채나가 아쉬운 듯 볼우물을 부풀렸다.

"목적지까지 모셔다 드리겠습니다. 제 개인적인 문제도 상의를 드릴 겸……."

"OK! 그럼 신촌으로 가."

채나가 서슴없이 그랜저 승용차 뒷좌석에 올라탔다.

두 대의 검은색 그렌저 승용차가 방금 사라진 경찰 승합차보다 더욱 빠르게 종로 거리를 관통했다.

 내년 초에 있을 대한민국 대통령 선거의 속도와 비슷했다.

『그레이트 원』 6권에 계속…